文芸社セレクション

彷徨顚末記

柏　且彦

KASHIWA Masahiko

文芸社

目次

一章　養子

蔵之介とまやの夫婦は、菊屋横丁にあるまやの兄・小太郎の家に向かっていた。昨日、兄から遣わされた用人から「明日の午後未の頃に当家に出向かれたし」という言伝があった。用人はそのことだけを伝え、詳しいことは語らなかった。それだけに何かしら重要な用向きのように思われた。

小太郎は若年から主君・毛利家の小姓として忠勤し、その精励ぶりを賞されて、主君のみならず、重臣たちの憶えもめでたかった。その父の小左衛門の代から蔵元両人役などを務め、小太郎も今や毛利家世子の奥番頭の役にある。二代に亘って主君の側に仕える家柄は極めて重い。

蔵之介とて小太郎と同じ大組士であり、天保の頃には、側用人を務めたこともあった。しかし、どちらがより時めいているか否かを問えば、言わずもがなだった。

屋敷を訪ね、招き入れられた部屋で夫婦は小太郎を待った。ほどなくしてやってきた主の表情は、およそ爽快なものではなかった。時候の話題を二、三交わした後、小太郎が話の本題を持ち出した。

「わざわざ出向いてもらったのは他でもない。以前にもちらと聞いてもらったことなのだが、そちらの息子を我が家にもらい受けたいという話なのだ」

「ほかでもない」と言われて、蔵之介は面食らっていた。蔵之介夫婦には男子が三人いる。小太郎には晋作、和助と通称される息子が一人で、あとは三人とも娘である。たしかに、これまで盆暮れなどの挨拶の際に、盃を交わしながら「泉家がうらやましい。我が家は晋作一人が頼みの綱だ」などと愚痴めいた言葉を聞かされたことがあった。しかし、晋作がいる。泉家から息子の一人をもらい受けたいというのは、いかにも唐突な話だった。

「こちらには晋作殿がおられましょう」と蔵之介は誰もが問うであろうことを言葉に出してみた。「その息子が心許ないのだ」と言い、小太郎の顔がさらに渋くなった。

「晋作は江戸から帰ってから、『師の仇を討つ』などと仲間と語らっているという噂が伝わってきた。周布様などもご心配されて、『所帯を持たせてはどうか』とお心遣いをいただいた。そのお陰で井上家と縁組が成ったというのに、あやつめ、ひと月もすると軍艦に乗り込んで江戸まで行ってしまった。江戸に着いたと思えば、今度は奥州に行くなどと言う書状を送ってよこした。三月もかかって帰り着いてみると、信州や北陸路をめぐってきたという。

　ご重役の方々は『重い役を与えてはどうか。晋作は精気が有り余っているのだ』と言われて、明倫館の舎長を命ぜられ、年が明けると若君様の小姓役に任じられた。小姓役になったのは良いが、お小姓の同輩たちと出歩いて家に居着こうともしない。

　なにしろ、我が家にも萩にも長く落ち着いている暇もない。これでは、所帯を持たせた甲斐も無い。子もできなければ、我が家の先行きもないようなものだ」

　蔵之介とて、晋作の行状はしばしば耳にしていた。父である小太郎の嘆きは一つ一つ心中うなずけるものだったが、あえて逆の問いもしてみた。

「晋作殿は英気が有り余って、私共の思慮からはみ出てしまうようなところもありましょうが、大殿様もご重役も、晋作殿の行く末に期待するところが大きいゆえ、丙辰丸の乗組みも信州や北陸路への遊歴もお認めになったのではございませんかな。これはと見込んで、鍛錬の場を用意していただいているならば、有り難いことと思えますが」

　小太郎の表情の渋さは一向に変わらなかった。

「あちこち出向きたがるのは、あやつの我がままや気まぐれでしかない。大殿様はいつもながらお心が寛いゆえに、若い者が修行に行きたいと言えばお許しくださる。それに甘えて、重役の方々にせっついて出張っていこうとする。果たして毛利家の有為の臣となりうる者なのか、いまや儂には確信が持てなくなってしまった」

小太郎の不安は理由のないものではなかった。事実、一昨年十月、晋作が師と仰ぐ毛利家の武術指南役・吉田松陰が斬首に処された。晋作が師の最期に衝撃を受けたのは明らかだったが、さりとて心境が変わり、行状が改まった気配はなかった。むしろ、松下村塾の朋友と語らって「師の仇を討つ」と盛んな気炎をあげているという話ばかりが伝わってきた。

小太郎としては、高杉家が後嗣を得られないばかりか、晋作の行動が不穏さを増すほどに、この息子が命を失う事態さえ思わずにいられなかった。

「我が高杉家が、仮に儂や晋作の代で絶えてしまうようなことになれば、祖宗に全く申し訳がたたない。

こんな事情を背負ってしまったことを包み隠すことなくお聞かせいたす。どうか得心いただき、快く承知いただきたい」

小太郎のまなじりを決したような表情を見て、蔵之介もあれこれ思案のゆとりの無い話だという事情は察せられたが、それでも今一歩の考慮の間合いを求めてみた。

「お申し出の儀はよく呑み込めました。息子たちにこの旨を伝えて、承知の者を選びたいと存じますので、数日の猶予をいただけませぬか」

　蔵之介の言葉に小太郎はかぶりを振った。

「いや、間を置くだけの日がもう無いのだ。末の竜介がよい。もう決まっていることと本人に言い聞かせて、明日にも我が家へ連れてきてほしい。ことは急を要している」

「それほどお急ぎの話とは」と蔵之介も次の語を継げなかった。

　兄がはっきりと三男坊の竜介の名をあげたのを聞いてまやが初めて口を開いた。

「竜介は、物覚えの良い賢い子なのですが、時折底の抜けたようなことをするところがあって、高杉家の名を嗣ぐのにふさわしい者か否か、いささか心許ない気がいたしますが」

　妹がそう言うのを聞いて、小太郎の表情はむしろ幾分明るくなったように見えた。

「うむ。母親の目には重い荷を負わせるような考えに思えるだろうな。確かに軽いとは言えない。それゆえ竜介なのだよ。兄達ではなく、幼いころから肝の大きいところのある竜介を望むのだ」

　小太郎は自らにまとわりつく不安を振り切るように強い言葉を続けた。

「黒船以来、世情は目が眩むほど変わり続けている。これまで習い憶えたことなど役に立ちそうもない。多少の事が起ころうと、たじろがずに泰然とする心根がなければならぬ。儂は竜介に怖気をふり払う気質を持っていると見込んでいるのだ」

蔵之介にとっても小太郎の思いは、一つ一つが心に響いてきた。ここ数年は、江戸から、京から、伝わってくる風聞は「今まで聞いたこともない話」ばかりだった。代々毛利家に忠勤を励んできた泉家ではあったが、このような時勢にあっては、蔵之介とて確たる展望を持ちえないのが偽らざる思いだった。

「事の仔細を伺ってもよろしゅうございますかな。竜介には、ただいまのことよく言い含め、明日にもこちらにお連れ致すが、事を急がれるのは、他にも事情がお有りなのですかな」

蔵之介の問いに小太郎はかすかに眉をひそめた。事情は確かにあった。

「晋作がまた江戸に行くことになった。若君様のお供だ。これまでのような遊学ではない。当家の家臣としてのお役目だ。見境の無いことをしでかして腹を召すようなことにならなければと気がかりでならぬ」

蔵之介は小太郎の不安に心当たりが無いでもなかったが、さすがに話をやわらげる言葉を選んだ。

「晋作殿は生来明敏な気質でござる。まして若君様の御供の役となれば、なすべき振る舞いを誤ることはございますまい」

分からなくなってくる」

「ううむ、儂とてそう思いたいのだが、年ごとにあやつの頭の中で思っていることが分からなくなってくる」


小太郎は苦い表情のまま、さらに言葉を継いだ。

「実はこれも先ごろ周布様からお話があったことなのだが、江戸から戻ったら、晋作を西洋へ遣わしてはどうか、というのだ」

「西洋へ」これには蔵之介も心底から驚いた。

「異国へ渡るなどとは、ご法度というもの。江戸の大公儀が許すはずもない。周布様が誠にそのような話を持ち出されたのでござるか」


嘉永七年に横浜村で日米和親条約が結ばれて以来、欧米諸国が続々と日本へ来ていた。その年のうちに英国、ロシア、翌年オランダ、と立て続けに条約が結ばれた。異国との交際が始まるという急報が津々浦々を駆け巡り一様に大きな衝撃をもたらした。「祖法が破られ夷狄が神州に踏み入ってくる」と顔色を変える者もいれば、異国との交わりはまかりならぬと言っていた幕府は存外不甲斐ない、と秘かに語る者もいた。そのうえ、安政年間には井伊大老が欧米諸国と通商条約を結んだ。

ペリーがやって来るまでは、遠く小さくしか見えなかった黒船が、今や陸地の間近を悠々と通り過ぎている。長州にしても、下関へ出向いた人々の口からは、目の前に迫る黒船の大きさに仰天した話ばかりが語られた。

　異国船の余りの堂々たる姿に血の気の多い若者達は、さかんに息巻いた。

「この有様はなんだ。異人が我が物顔にのし歩いても幕府は手も足も出ないのか」

「幕府はもう張り子の虎だ。今こそ長州が帝を奉じて異人達を追い出してしまうべきではないか」

　晋作もまた、そうした若者達の一角にいた。と言うよりは、好んで先頭に立っているのが晋作だった。父の面前ではさすがに鼻息の荒さを抑えていたが、城下に伝わる晋作に関する風聞は悍馬の異名を地で行くような言動・行動ばかりだった。

「異国に出向くというのも、あやつが自ら言い出したことでござろうな。無茶を言っても子供の頃は可愛いものだったが、このところは、持ち出す話はただ事ではなくなっている。父親に言えば許されないのが分かっているから、重役方に取り入って話を決めてしまう。周布様などは、たしなめてくだされればよいものを、むしろ激励している様子さえある。『敵を知り、おのれを知れば…』などと孫子を持ち出されることさえある。師と仰いでいた松陰殿からして、黒船に密航なさろうとした張本人であるからして、もう親であっても止める手立てがない。命を保ってこの家に帰り着くのを祈るばかりだ」

　幕府が米国を始めとして諸外国とよしみを交わして以後、日本人が外国に渡航した例はたちまち回数を増していた。その中には幕臣だけでなく、あちこちの大名家の家臣も加わっていた。安政七年に和親条約調印のために渡米した咸臨丸には九州・中津の奥平家家臣の福沢諭吉が乗り組んでいた。そうして文久元年の末には欧州諸国歴訪の計画があり、幕臣以外に諸国の大名家の家臣から随行者の選定が進められていた。時代は目まぐるしく動き、海外渡航は今や空想の世界ではなくなっていた。

　蔵之介夫婦は小太郎の苦渋の表情をながめ続けて、高杉家を後にした。今日の一度の申し渡しで三男坊の竜介の命運が一気に固められてしまった。小太郎のみの思惑だけでなく、背後に重役の周布政之助や毛利家当主・慶親の意向があることであれば、有無を言う事柄ではないことが察せられた。

　翌日、蔵之介は竜介を伴って高杉家を再訪した。竜介は日頃とは全く異なる伯父の表情を見て、すっかり身を硬くしてしまっていた。

「今後は当家の息となり、名も改めて百合三郎と名乗ることとなる。高杉百合三郎である。以後の精進疎漏のないよう心得られよ」

　仰々しく、事務的な申し渡しが、竜介に事の重大さを感じさせた。

「近々城中に参り、大殿様にお目見えの上、高杉家の者となることのお許しがいただけることとなろう。そのことは城中からの御沙汰が有り次第御身にもしらせることとしよう」

竜介にとっては、「他家の養子」の話は初めてではなかった。七歳の折に家中の村尾家の養子縁組がなったと聞かされたことが記憶にあった。三男坊という立場であれば、男子の無い家から養子として望まれるのはありきたりのことだった。

竜介にとっても、村尾家の後嗣となる約束をしたといっても、周囲の大人達がそうしていただけのことで、本人にはそうした意識は何も無かった。そうして二年後には村尾家に実子が生まれたことによって養子縁組は解消された。村尾家に住まいを移し、先方の両親と生活を共にしていたということもなければ、周囲から「村尾」の名で呼ばれたこともないのだから、わずかな記憶さえもほどなく消えてしまっていた。

しかし、今回は周囲の様子があきらかに違っていた。日頃から慣れ親しんだ伯父の居宅に呼ばれ、直接言い渡された話だった。明日から高杉を名乗るだけでなく名も変わるという。自分の足元の大地全体が動き出したような感覚に身を包まれていた。

「晋作様は今どちらに」

場の雰囲気に息が詰まりそうな気分だった竜介は、ようやく一言だけ発した。

「晋作は数日後に若君の御供で江戸へ立つ」

「では、旅支度を」竜介の問いに、小太郎はまた顔を渋くした。

「支度はあらかた女房がしている。当人は松下村塾の連中やらとあちこち出掛けている。先日も有吉の息子を供に加えたいなどと言い出して、急ぎに周布様にお願いしてお許しをもらった。若い者が寄り集まって悪さなどせねばよいのだがな」

「私は行かなくてもよいのですか」

竜介はふいに頭に浮かんだことを聞いてみた。

「何を言う。お前はまだ高杉家の息として認められておらぬ身だ。まずはこの数日のうちに城中に上がって、大殿様に御目通りをして、高杉家の二男の百合三郎として名乗りをせねばならぬ」

確かに正式な儀礼を何一つ経ていない今の時点では泉家の三男坊に過ぎない。しかし、不穏な世情は萩の城下の少年達にもじわじわと浸透していた。

幼い頃から慣れ親しんだ従兄の晋作が語ることは天下の風雲急を告げる話で満ちあふれていた。

その晋作が江戸へ向かう。それも若君の御供だという。世間が蠢いている。竜介とて腰が落ち着かない気分が湧いて、それが言葉に漏れ出てしまっていた。

翌々日、竜介は小太郎に連れられて萩の城へ上がった。はじめに控えの間で政務役の周布政之助と面会した。父・蔵之介や伯父・小太郎の話にしばしば名の出てくる人物だったが、顔を見るのは初めてだった。毛利家中の重役であるから、初老の年代の人物を想像していたが、思ったよりも若い壮年であることが予想外だった。周布と短いやりとりがあり、小太郎と竜介はさらに奥の間に導かれた。

　やや広い奥の間には、一段高い座があり、その手前に数名の者が左右に分かれて座していた。周布はその右側の列に並んで座っていた。ほどなく毛利家の殿様が上座の襖を開けて姿を現した。一同が深々と一礼するのを見て竜介もすぐさまそれに倣った。

「苦しゅうない。面をあげよ」

　大殿の声で一同が顔を上げた。竜介もまた顔を上げ、毛利家の殿さまの顔を改めて正視した。そこで周布が小太郎と竜介が登城した理由を説明する口上を述べた。それに続いて小太郎が頭を下げたので、竜介もそれに合わせて再び頭を伏せた。小太郎が泉家から養子をもらい受けた旨を述べた。その口上が終わると、竜介に小声で「これ、名乗りなさい」と囁いた。

「高杉百合三郎でございます」

　殿様がかすかに口元を緩めて、微笑した。

「百合三郎と申すか。父は泉蔵之介であったな。蔵之介はこのところ顔を見ておらぬが、息災か」

「このところ城外の務めゆえ登城の機会が少ないものと思われますが、すこぶる壮健に立ち働いております」

　小太郎の返答に、慶親は満足な様子で表情を緩めた。高杉家の養子の披露目が済むと、慶親や一同の者たちの様子がくだけ、茶席のような会話が始まったことに、竜介は内心驚いたが、ここにいる大人たちは日頃から極めて親しい間柄であることが感じられた。

　ひとしきりの歓談の後、小太郎と竜介は城を後にした。

「伯父上、いや義父上は、日ごろから大殿様とは親しんでいるんですか」

　帰宅する道すがら、竜介は今日の登城で第一に思ったことを小太郎に問うてみた。

「あのようにお話しくださるのは、殿のお人柄ゆえのものだ。我らのような臣下の者どもにも家族のように親しんでくださる。まことに寛仁な心をお持ちのお方だ。しかし、だぞ。殿は一国を治めておられるお方、我々はその臣下。そのことを忘れて、甘えるようなことがあってはいかん。周布様が晋作のような奔馬に等しい者にさえ目をかけてくださるのも、大本である殿の心の広さゆえというものだ。そのことの有難さを思い知って、忠義を尽くさねばならない。このところ、若い者どもにそこをはき違えているものが目についてならぬ。お前も、このところ晋作からあれこれ吹き込まれているやもしれぬが、ほどなく家中でのお役目を仰せつかることになるだろう。当たり前の心持ちを忘れてはならぬぞ」

小太郎は、よほど心中に溜め込んだ苦渋があるらしく、竜介の軽い問いにもすぐさま説教口調になった。子である晋作を半ば見限り、高杉家の将来を竜介に預けてしまったように見えるほどだった。

二章　長州武士

　竜介が百合三郎として高杉家の一員となるとともに、世情は気ぜわしさに拍車がかかった。晋作が、若君・定広の一行とともに江戸へ向かう頃、それに先んじて毛利家が一つの動きを開始していた。二月前、直目付長井雅楽が「航海遠略策」と呼ばれる建白書を手に京へ上り、朝廷において天皇と重臣たちから好感触を受け、翌日には江戸に向かった。

　ところが、長州の若い武士たちには、この「航海遠略策」が大いに不評だった。黒船来航以後の幕府は、外国の圧力に押されるままずるずると開国をしている形勢にあり、京都の朝廷は、天皇を中心に「異人が神州に踏み入ることを何としても阻止せよ」と強い拒否反応を示していた。長井雅楽の献策は開国を是として、日本国が実力を付けて世界に押し出していく方針を持つべきだというものだった。その世界に押し出す国策を朝廷から幕府に求めるという内容であったから、朝廷だけでなく幕府方にも好評だったのは当然とも言えた。しかし、血気を滾らせる者たちが受け入れるはずも無かった。

　竜介は高杉を名乗る直前に、晋作からそうした話を聞かされていた。

「徳川幕府に世界に押し出す方策を求めるだと。今の幕府にそんな力があるものか。黒船が何隻か来ただけで平伏して開国してしまうような連中だぞ。

　竜介も話に聞いているだろう。馬関の海峡は異国船が我が物顔で往来している。俺はこの目で一度ならず見ている。長井の献策など笑止だ。言うなら、なぜ長州におまかせあれと言わない。京の帝からご下命があれば、長州武士が見事に異人どもを打ち払ってみせるわい。

　そもそも、長井も親父殿も頭が古くて固い。徳川が将軍職を拝命しているといっても、その任を果たす力が無いのは明白ではないか。そんな連中が、これまでのように、異国との折衝は我らのみの役割だなどと言っていて事が進むものか」

　晋作の物言いは、師の吉田松陰が幕府によって刑死する頃から、日ごとに荒々しくなっていた。毛利家や江戸幕府、京の朝廷まで悪態の対象にするものだから、話を聞く竜介が周囲を見回してしまうことも一度ならずあった。

　しかし、口調が荒くとも、晋作の言葉に道理が含まれていると感じることもしばしばだった。晋作だけでなく周囲の面々の話を聞いても、幕府が異国人を打ち払う力など無いというのは自明のことのようだった。徳川家が武をもって外敵を打ち払う役割を負っているがゆえに征夷大将軍の職を朝廷から与えられている。その任に堪えないのならば、他の力のあるものに命が下るというのは理の当然のように思えた。

しかしながら、では長州がそれに替わって攘夷の先頭に立てるのか。その弱体な幕府の一割にも満たないほどの石数で、朝廷に対して「おまかせあれ」などというのは、これまた笑止ではないのか。竜介には、京の天皇が求める「異国打ち払うべし」という大方針は、答えの無い難問のように思われた。

黒船を連ねてくる異国の艦隊を打ち払うならば、徳川や長州だけでなく、三百諸侯がそろって黒船を持ち、国土の沿岸にくまなく大砲を並べていなければ、およそ太刀打ちはできないのではないか。長州とてそうした備えが有るはずもない。今、この時には押し寄せる諸外国と事を構える力は無い。竜介には、毛利家中の年長者たちも、攘夷を唱えて息巻く青年たちの言葉のどちらにも、腑に落ちるものは無かった。

京都では内親王和宮の江戸への輿入れが本決まりになり、十月に江戸へ向かうという。

「公武合体などはまやかしだ」と言い放ち、長州の少壮たちは竜介の身近で気炎を上げる者が少なからずいたが、それとは関わりなく世情は進んでいるように思われた。

　高杉家の周辺では、晋作の異国渡航の話が難航気味であることが伝わってきた。幕府の方針は、安政五年に欧米五カ国と結んだ通商条約に伴う開港の延期を求めるべく、使節派遣計画を進めていた。その使節団に幕臣に止まらず、外様も含め有為の人材を加えることが検討されていた。このことにも毛利家当主慶親が関心を抱いた。

「晋作を行かせてはどうか」

と言う意向が世子・定広の小姓・毛利登人から伝えられた。

　知らせを聞いた晋作は満面の笑みを見せた。顔を合わせた竜介は、さすがに一言問うてみた。

「晋作殿は異国人が嫌なのではないですか」

　竜介の問いに晋作は呵々と笑って答えた。

「異国人に怨みも何も無い。ただ、我が国に踏み込んで人も無げにうろつくのは怪しからんから、そういう輩は追い出すべきだというだけだ。

　ただ怪しからんと思ったり言ったりしているだけでは相手も立ち去るまい。連中は大砲を積んだ大船で押しかけてくるからな。こちらも同じ大船と大砲を用意しなければならん。

　しかし、それをどうやって手に入れるかだ。幕府は慌ててオランダから蒸気船を買い込んだという話だが、長州のような外様にはなかなか異国人と付き合うことを認めようとしない。諸侯が幕府を凌ぐ力を付けては大変と思って怯えているのだ。小心者の集まりには異国に侮りを受けずに交際できる見込みもなかろう。

　異国と張り合おうというなら、出掛けていってこの目で確かめるよりほかあるまい。敵を知り、己を知ればなんとやら、だ。孫子など斜めに読み流したが、なにしろ親父殿の説教には毎度出てくるから言葉くらいは知っている。敵を知るためとなれば、親父も大殿様も欧州へ行けと言ってくれるのだ」

　晋作の洋行の希望は、一度は具体化したが、翌月には頓挫した模様だった。しかし、その代償のように中国の上海に行く幕府の視察団に加わる話が舞い込んだ。晋作は世子・定広の供として江戸にいたが、小太郎からの書状が次々と届けられ、文久二年が明けるとともに上海に向かうように指示があった。

　ほどなく定広からも同様の言葉があり、長州には戻らず、江戸から幕臣の面々とともにまず長崎へ行き、そこで上海行きの船を待つべしという旅程の伝達があった。

　晋作の行き先は、小太郎を通して竜介も逐一知ることができた。七月に江戸へ向かってからは、高杉家はもちろん、萩城下にもいない。今後上海へ渡海するとなれば、まる一年は不在になる。その前年は関東から北陸を巡って九か月もの長旅をしていた。

家に所帯を持ったばかりの新妻がいるというのに、晋作という人は自分の家が嫌いなのか、それとも生来落ち着くことを考えない人なのか。竜介は義父が自分を泉家から急遽もらい受けた心持ちが多少分かる気がした。

文久二年の新年早々、江戸城の坂下門外で老中首座・安藤信正が水戸浪士らの襲撃を受けて負傷した。内親王和宮を新将軍家茂と縁組させ、公武合体を推し進めようと図ったのは安藤と同僚老中の久世広周だった。安藤が襲撃された際に背中に傷を受けていたため、「敵に背中を見せた」として非難をする声が幕府の内外から起こった。安藤の地位が急激に揺らぎ始めたが、内親王と家茂の婚儀は翌月滞りなく行われた。公武合体の方向は不動のように思われた。

ところが、長州では雲行きが変わっていた。尊皇攘夷を標榜する若い武士たちは、家中の重役連に猛烈な攻勢を懸けた。その先頭には桂小五郎と久坂玄瑞がいた。重役たちの中では日頃から青年たちの見解の肩を持つことの多い周布政之助が賛同の意を示していた。一度は長井雅楽の「航海遠略策」を毛利家の論とすることに同意したが、少壮の者たちの「帝の攘夷の御心に沿うこと無く、開国を呑ませようという工作を行う者は朝敵に等しい」という激しい気炎に引き寄せられるかのように、ほどなく攘夷案に転じた。

この折に江戸に出向いた毛利慶親は、毛利家の江戸屋敷に横溢する攘夷熱を感じ、公武合体に積極的に与することの難しさを見て取った。家中の論が統一されていなければ方向転換して矛を納めるのが慶親の習い性になっていた。

竜介は、高杉家の一員になってから、家中の動きが細かく耳に入るようになった。義父の小太郎が家中の重臣たちと親密であるということもあったが、晋作の義弟となったことにより、松下村塾出身者の面々の竜介との接し方が明らかに変化していた。泉家の三男坊として暮らしていた頃ののんびりした時の流れに浸っている境遇とは、多くのものが変わって見えてきた。

長州の方針が揺れ動いている頃、長崎に向かった晋作の動向がぽつぽつと義父に伝わってきているようだった。本人から両親や新妻へは、幕臣たちや外国商人たちと面談して大いに見聞を広めているという手紙が送られてきたが、家中の勘定方に関わる周布の手元には、晋作が上海渡航の手続きをしている四か月間に遊興三昧で大変な散財をしているという知らせが届いていた。知らせだけでなくツケ払いの請求が送られてきていると聞かされ、義父が身を縮めている姿さえ見ることになった。

小太郎の元には長崎の息子の行状だけでなく、江戸や京の情勢が日々伝わっていた。長井雅楽は建白書を正式に幕府に提出したことにより、毛利家中において中老の役職に進んだ。しかし、年明け早々の坂下門の変事のために、老中・安藤信正とその盟友・久世広周の声望が俄かに翳り、長井の建白を歓迎した二人の失速のために、長州が進めようとした公武合体は急激に勢いを失ってしまった。

長井は、三月に江戸から京に向かった。同様の建白書を朝廷にも提出するためだった。しかし、同時期に薩摩が新たな行動を起こしていた。島津家当主・忠義の実父・久光が大軍を引き連れて江戸へ向けて出立した。

「島津立つ」の報が諸国を駆け巡り、各地の尊皇攘夷を唱える者たちを色めき立たせた。血気に流行る青年たちを中心に、島津が討幕の軍を挙げたという幻想にも似た流言が各地で囁かれ、その軍に参加すべく主家と縁を切って浪人の身になって京都を目指すものが、あちこちにいた。

「薩摩進軍」の熱にうかされたような京都において、長井の建白書はすでに顧みられる余地は無かった。島津久光の一行が入京する前日、長井は主君慶親の命により帰国と謹慎を命じられた。

失意の中で長州へ帰り着いた長井と入れ替わるように、小太郎が京に向かうことになった。以前の長井の役職・直目付に任じられ、さらに肩書には学習館御用掛の役が加えられた。

高杉家で義父を見送ることになった竜介は、事態の変化を理解することに苦しんでいた。日頃から長井と小太郎が親密だったこともあり、英才で聞こえた長井が公武の周旋を成し遂げ、日本全体が彼の献策に沿って開国を進めていくことだけを思い描いていた。

ところが、世情は再び攘夷の方針を一層強め、外国を打ち払う方へ向かうのだと言う。そうした情勢の中で開国方針を献策した長井の見解は朝廷と幕府に容れられないどころか、朝廷のあり方を誹謗する不敬の輩と見做す声さえ上がっているという。

竜介は小太郎に聞いた。

「長井様の策のどのようなところが不敬とされたのでしょうか。私には気宇の壮なこと抜きん出た見事な論のように思えましたが」

「儂もそう思った。さすがは俊才で聞こえた長井殿と感服していたものだ。だが、今回はその話を持ち出すな。航海遠略策は朝廷に非礼のかどありということで、長井殿は長州に戻って謹慎することになる。それが殿の思し召しなのだ」

日頃、晋作にも竜介にも説教気味の話をすることの多い小太郎だったが、この件には多くを語ろうとはせず、竜介にも多言を戒めるだけだった。

小太郎が京へ出向く事情は、長州が朝廷を批判した嫌疑ありとされたことに対する弁明のためだった。長州としては京都朝廷のあり方に異存は微塵もない。そう申し開くためには、献策をしたためた長井の個人的見解であり、長州総体のものではない、ということにしなければならない。京に出向くにあたって、小太郎が家中の重役連と協議してまとめた論調はそうしたものだった。日頃から友誼を交わしてきた長井を悪者にしなければならない、いやな役割を背負わされていた。六月に長井は中老の職を免じられた。

晋作は七月には上海から長崎へ帰り着いていた。長崎到着早々、オランダ国の商船を注文したと言って、毛利家に代金の支払いを要求してきた。二万両の金額に仰天した家中の重役たちは、すぐさま長崎の晋作をたしなめる書状を送って断念させた。小太郎は、上役たちの嘆きを京で受け取った書状で知り、頭を抱えている様子だった。竜介は、そうしたことを伝え聞きながら、晋作の発想に一理が有るように感じていた。

攘夷をするなら西洋と対抗し得るだけのものを持ち合わせなければならない。義兄はそれを実行しようとしたに違いない。しかし、何事も金の世の中ならば、毛利家に先立つ金が無いことには、如何ともし難い話だった。

晋作は、長崎から萩に帰り着くことなく、直接江戸へ向かうことになった。世子小姓という役柄ゆえ、江戸にいる世子・定広の側に仕えるのが当然の理ではあったが、竜介の心中には、晋作を長州に置いておきたくないのか、といった印象を抱いていた。父・小太郎のみならず、重役の面々もいささか晋作を持て余しているように見えた。

世情は、攘夷の気運に反転していた。航海遠略策をもって公武合体の実を造り上げようとした長州に替わって、武力をちらつかせながら、京、そして江戸に上った薩摩の島津久光が政情の中心にいた。しかし、久光もまた唱えるのは公武合体だった。

中心にいる人々の思惑にかかわらず、各地の若い武士たちを中心に攘夷を叫ぶ者たちの蠢動が世間の表面に現れてきた。京都では、「志士」を自認する若い武士たちが公家の屋敷に出入りし、猛烈な勤王の気炎を上げた。洛中には、活気とも、殺気ともつかぬ空気が充満しつつあった。

幕府は、閏八月に、それまでの京都所司代に替わって京都守護職を設けた。その職に会津の松平容保があたることになった。時代を戦時と見做した判断だった。

十月には朝廷の勅使として三条実美、姉小路公知が江戸に遣わされた。幕府の攘夷実行を催促するための使者だった。幕府にはこの要求をかわす方策を持ち得なかった。攘夷を方針として掲げるしかなかった。熱狂が狂気になって疾走しはじめていた。

毛利家中もまた攘夷熱が燃え盛り、一年もたっていない頃に公武合体の先頭に立つことを唱えていた重役の面々は、全く表舞台から姿を消してしまった。その中で長井雅楽には切腹の命が下った。航海遠略策に朝廷を貶める言辞あり、というのがその理由だった。長州が攘夷に方向転換したことを内外に表明する証として、長井の命を差し出そうとしていることは明白だった。

文久三年が明けるとともに、小太郎が京から帰った。竜介が数か月振りに見た義父の表情は悄然としたものだった。謹直に主家に仕えることで信頼を得てきた古風な気質の武士にとって、時勢の変転はあまりにも激しいものだった。

小太郎の持ち帰った話は不穏な空気を伝えるものばかりだった。

「洛中のありさまはひどいものだ。九条家の家中の方々や万里小路家のお方が暴漢の手にかかって殺されている。奉行所の与力や同心が何人も襲われた。本間という越後の男は、攘夷を説いて廻っていた者らしいが、切り倒されて首を晒された。奉行所からして狙われるのだから、暴漢を懲らしめる者もいない。人殺しが大手を振ってうろついている。もはや獣が思うままに行きかう無道の巷になってしまっている」

萩に小太郎が帰り着くのを待つように、長井雅楽が高杉家を訪ねてきた。すでに切腹の命を受け、命運窮まった長井は、長く友誼を交わした小太郎に辞世の挨拶にやってきたのだった。

長井は小太郎に残された家族の先々のことを繰り返し懇請した。そして、政論に敗れた無念を涙ながらに訴えた。

「自身が唱えた論が容れられなかったことは我が身の力不足。敗れた者が腹を召すのは武士の習い。しかしながら、我が論が朝廷を謗る不敬のものなどとは、心外の極み。朝廷・幕府あまねく安寧となることを思えばこその論でござる。私の赤心と憂国の情を、高杉殿にだけはお解り願いたい」

　畳に額を擦り付けるようにして後事を託す長井に、小太郎もまた顔を俯けて応えるしかなかった。翌二月長井は切腹して果てた。

　四月に晋作が萩に帰ってきた。その姿を見て、小太郎も竜介も目を丸くした。頭に髷が無く、刈り込んだ髪が幾分伸びた風来坊主のような姿だった。小太郎は京で晋作に出会った周布政之助から送られてきた書状で凡そのことは知っていたが、息子の崩れたような僧形には衝撃を感じざるを得なかった。

　竜介はさすがに晋作を坊主頭を見て、小太郎に問わずにいられなかった。

「義兄上は、如何なる仔細であのような姿に……」

「若君様からお咎めを受けるようなことをしでかしたのだ。責めを負った証として髪を落としたのだそうだ。しかし、顔色を見ると悔悟の念が有るのか無いのか、全くわからぬ」

「若君様からのお咎めとは如何なる事情なのですが」

「若君様の御供で江戸にいったのだ。それは憶えているだろう。一度は毛利家を抜けるなどと儂に宛てた書状を書き置いて、江戸屋敷を抜けだした。この時は常陸笠間の加藤梅桜老殿が桂殿に知らせを届けてくれたから、行方は程なくわかった。

ところが、霜月には土佐の連中と語らって外国公使館を襲う謀り事をしていたというのだ。このことは、土佐の容堂公が察知してわれらの若君に急報をくだされたので、未然に事なきを得た。

やつは若君様から呼びつけられ、滾々と説諭をされた。未然のものであったから、桜田の屋敷で謹慎という御沙汰で済んだのだが、あやつらめ、どうやら大人しくしていなかったようなのだ。

江戸屋敷に詰めているご家老から程なく書状が届いていたのだが、師走の十二日に品川で建造中の英国公使館が焼け落ちたそうだ。

奉行所から、よもや長州の仕業では、と若干嫌疑がかかったそうだが、話はそこまでだった。

しかし、江戸の御家老としてはその前後の数日屋敷にたむろしていた晋作と、久坂、伊藤の姿が、その火災の夜に見えなかった、と言っている。江戸から帰り着いた方々の口ぶりでも、あやつらの疑いは晴れていないどころか、ますます濃くなっている有様だ」

　竜介は、晋作自身にも坊主頭の理由を問うてみたが、「世をはかなんだ」などととぼけるだけで、真っ当な返答は無かった。しかし、これまでの晋作の言動・行動を思えば、義父の推察はおおよそ事実なのだろうと感じていた。

　かつて桜田門や東禅寺の一件を聞いた時や、長崎から高杉家に送ってきた晋作の書状は、高揚感に満ち満ちていた。薩摩の一行が上洛し、その帰路に横浜の生麦で異人斬り事件を起こしたことを聞けば、晋作がどんな反応をするかは目に見えるようだった。

三章　攘夷

前年の勅使の求めに応じて、三月に将軍家茂が上洛した。京に到着すると、攘夷派の公卿たちがすぐさま将軍に攘夷決行の日取りを示せと迫った。家茂は攘夷の決行期日を五月十日とすることを天皇に奏上した。

このことは同時に各地の諸侯に布告された。日限が定まると、長州の主戦派は久坂玄瑞を先頭に、すぐさま戦闘準備に入った。馬関海峡の長州側海岸の各砲台に大砲が据えられた。毛利家中の武士にも動員令が発せられた。

竜介もまた多くの同輩とともに下関へ向かった。一行の中には実父の蔵之介がいた。すでに五十の坂を越えていた蔵之介だったが、思いのほか意気軒高だった。

「儂は小太郎殿のような才覚は無いが、大和魂は持ち合わせている。夷狄を征伐するというなら、老骨を顧みず一戦して見せよう。花と散っても惜しい年ではない。お前たち兄弟が元気でいるから後顧の憂いも無い」

そう言いながら、周囲に人目の無いところでは竜介に小声で囁いた。

「儂は見事散って見せるが、お前は生き残れ。お前は泉家だけの命ではない。高杉家をも背負っている身だ。たやすく散っては小太郎殿に相すまぬ」

日頃の朴訥さに似合わぬ父の弁に戸惑いながら、親の情の有難みを感じていた。しかし本当の戦などただ一度の経験もない。武家の生まれであるから、武道修行はそれなりにこなしてきた。しかし、この度の敵は西洋の蒸気船だという。西洋人ならば、やはり戦いには鉄を用いるのだろう。鉄の弾丸が、砲弾が飛び交う戦場でどのように戦うのか。何もかも見当がつかないまま、長州武士たちは戦闘に臨もうとしていた。

日限の五月十日、見張りが日ノ浦沖に停泊しているアメリカ船を見とめた。軍の総奉行は攻撃開始をためらっていた。そこに下関市中の光明寺にいた久坂玄瑞から檄が飛んだ。

「攘夷断固実行すべし」

深夜丑の刻に、砲台が第一撃を発し、庚申丸と癸亥丸が砲撃を行った。アメリカ船は明らかに驚嘆した様子で、周防灘の方へ逃げ去った。およそ千名の守備隊は大いに意気が上がった。

十日ほど後、光明寺からの使者が「この度の攘夷が京の天朝に達せられ、お褒めの言葉があった」という報告をもたらした。守備隊の面々はまたも沸き立った。攘夷の実が着実に上がっているように思われた。

長州兵の歓喜の声の中で、竜介は晋作を思い起こしていた。「攘夷」の語に誰より強く思い入れていたはずの男がここにいない。江戸での不始末の科で頭をまるめた。武士を捨てた身では戦に参加できない。最も似つかわしい男がこの場にいられないのは、行動をはやまってしまったということなのか。竜介は、心中に周囲の者たちと同化しにくい思いが湧いていた。

二度目の戦闘は五月二十三日に起こった。長府から、フランス船が東方から接近中という報告が飛び込んだ。船が馬関海峡に入り込んだところで砲台が火を噴いた。被弾に仰天したフランス船は、交渉のための使者が乗り込んだボートを出したが、長州兵がこれに銃弾を浴びせた。フランス船は必死の様相で海峡を西に駆け抜けていった。

三日後の五月二十六日、今度はオランダ船が西から海峡に入ってきた。陸上の砲台が攻撃を開始するとともに、癸亥丸が接近して艦上から砲撃を行った。オランダ船は軍艦で、癸亥丸に応戦して砲撃戦になった。一時間ほどの戦闘によって大きく損傷したオランダ船は東の周防灘に逃れていった。

西洋船三隻を立て続けに撃退した下関の長州兵は、大いに沸き立った。これこそ神州の誉れと息巻く者も多かったが、これで事が済むはずも無かった。

六月一日、アメリカ軍艦が海峡に姿を現した。アメリカ船は、砲撃の危険を承知しているらしく、海岸からやや距離をおいて航行していた。ほどなく下関港内に停泊している長州艦隊をみとめ、壬戌丸に砲撃を開始した。壬戌丸は急遽発艦して逃れようとしたが、アメリカ船のほうが船足がはるかに速かった。猛烈な攻撃を浴び、壬戌丸は撃沈された。庚申丸と癸亥丸が救援のために追いすがったが、同様に砲撃を受け、庚申丸は撃沈、癸亥丸は大破した。さらには陸上の砲台にも攻撃が加えられ、甚大な被害を被った。アメリカ船は、後に横浜港にいた軍艦ワイオミング号であるとわかった。長州艦隊は軍艦三隻を失い、ほぼ壊滅してしまった。

五日後の六月五日、フランス船が二隻やってきた。あきらかに大砲を装備した軍艦であることがわかった。二艦から陸上の砲台に容赦なく砲撃が浴びせられた。砲台が無力化したのを確認したフランス兵が上陸し、砲台周辺の長州兵は追い散らされてしまった。援兵が砲台に駆け付けようとしたが、その道筋に軍艦から砲弾が撃ち込まれた。手も足も出なかった。フランス兵は砲台を破壊してしまうと。素早く軍艦に引き上げてしまった。

攘夷成功と思ったのも束の間、たちまち外国軍艦の圧倒的な武力を目の当たりにして、長州兵は頭から冷水を浴びせられた状態だった。竜介もまた結果に戦慄していた。

長州側からも応戦していたが、あきらかに大砲の射程距離が違っていた。フランス船がその距離を見切って回避すると、長州の砲弾は空しく海面に落ちた。フランス船は安全圏から長州の砲台に正確に砲弾を命中させた。砲弾が炸裂し、その破壊力も段違いだった。萩や山口から動員されて共にやってきた者たちが何人も戦死・負傷した。何もかもが違い過ぎた。

フランス船に叩きのめされた翌日、下関に高杉晋作らがやってきた。廻船問屋の小倉屋に入ったという。三月に士分を離れ僧形になったと思われた男が、わずか三か月で長州軍の先頭に立つ任務に就くことになった。竜介は、父の蔵之介とともに小倉屋の主人である白石正一郎の家を訪ねた。晋作はそこに宿をとっていた。晋作は飄然とした表情だった。長州の危機に直面して重大任務を背負った立場のはずだったが、本人の顔にはそうした切迫感は見受けられなかった。

「四日前に大殿様から山口まで来いと言われて、行って話を聞いたら馬関を守れということだった。光明寺にいって久坂とも相談したが、新しい兵隊を集めなければならんと思っているよ」

そう語る晋作は坊主頭が伸びかけたザン切り頭だった。仏の道に入って精進すると言っていたが、そんな状態は三日と続かなかったようだった。静かに落ち着くことが無い人なのだな、と竜介は義兄の様子を見ながら思った。

晋作は七日に新兵による部隊結成を内外に宣言した。部隊の名は、「奇兵隊」と名付け、旧来の毛利家中の武士だけでなく、農民、町人にも入隊を認めるというものだった。攘夷決行直前に久坂玄瑞が同志たちを集結させていた光明寺にいた面々が核となって参集範囲を広げていった。隊の人員は六月十日には六十名を数えた。

しかし、この奇兵隊が晋作の身辺の反乱の元になってしまった。奇兵隊が武士ではない農民や商人、町人さらには他国領民まで含んだ陣容であることは、毛利家中の武士のみで組織された撰鋒隊から奇異の目で見られ、「あれは百姓ではないのか」「全くの烏合の衆だ」という陰口が囁かれた。一方、奇兵隊の中からは、外国船との戦闘中で手も足も出なかった撰鋒隊を侮る声も上がった。「ただの腰抜け侍だ」「侍だけでは役に立たぬ。我々の力が必要なのだ」として、気勢を上げた。

奇兵隊の宮城彦輔は生来の長州兵士であったが、奇兵隊を取り仕切っていた。撰鋒隊中から宮城の存在を不快として「征伐する」と息巻く者達がいた。これを察知した奇兵隊員の一部が撰鋒隊の屯所である教法寺を襲撃した。撰鋒隊の一人が斬殺され、その報復として、奇兵隊の商人出身の用人一人が殺害された。

一件は山口の政庁に伝達され、十日余り後、事件の発端となった宮城彦輔は切腹を命じられた。高杉もまた奇兵隊の指導不行届で総督を罷免された。その発足から三か月にも満たなかった。

外国船に叩き潰されるような敗北を喫したにもかかわらず、久坂をはじめとする長州の主流は強硬論を変えなかった。フランス船の砲撃と上陸兵の手で破壊された砲台を修復し、再び海峡を通る外国船を攻撃する構えを取った。

七月に入ると、幕府の使者として中根市之丞が幕府の軍艦朝陽丸に乗って馬関海峡の近傍にやってきた。使者の用向きは「国の方針が定まらぬうちに異国船にみだりに発砲しないように」という詰責文書を示すものだった。さらに海峡を通過する外国船への砲撃のために対岸の小倉領に入り込んで砲台を構築しようとしたことも詰責の対象になっていた。

意気軒高で殺気立ってさえいる長州兵は、「幕府が攘夷を決行していない」「小倉は全く攘夷に非協力である」として詰責の対象は幕府や小倉の武士であると言わんばかりに気炎を上げた。長州兵が「攘夷のために譲り渡せ」として、幕府の朝陽丸に乗り込んで占拠してしまった。

毛利家中の重役達は小郡で幕府の使者と面談することになった。長州の応接役は「攘夷は朝廷のご下命を実行したものである」という弁明書を渡した。下関には世子・定広が出向いた。朝陽丸を占拠している長州兵を説諭して、艦船から退去するよう指導することとなっていた。

　定広の宣撫によって朝陽丸は解放されたものの、なおおさまらない長州兵の一部が小郡の宿まで乗り込み幕府使者の一行を襲った。従者二人を殺害した長州兵は使者・中根市之丞を討ち漏らしたことを知り、三日後に中根が乗り込んだ船を襲い、彼を殺害してしまった。

　事態を知った毛利家の政庁は、江戸の幕府に急使を送ることを決めた。正規兵の員数に加えられているか否かも不確かな不穏分子の仕業とは言え、幕府の正使を斬殺したというのは前代未聞の重大事件だった。そのままで事が推移すれば、長州は幕府と真正面から対峙することは明白だった。しかし、数日前に、この事件さえ後回しにされるような大異変が京都で起こっていた。

　八月十八日、京都朝廷において攘夷派と目されてきた公卿の面々が朝廷から追放された。早朝から会津、淀、薩摩の兵が禁裏の各門を固め、他にも多くの兵士が御門の四方に配備された。長州は守備地だった堺町門の警護の任を解かれ、京の街から退去を命じられた。

　政変を主導したのは青蓮院宮、近衛、二条、徳大寺という面々で、長州が密着していた鷹司は、事態を知って参内し、長州を弁護したが顧みられなかった。攘夷急進派の公卿たちは禁足処分となったが、そのうち七人は長州兵とともに京を退去した。

長州と攘夷派公卿の一群は、幕府が武力攘夷を実行する意志が無いとして、天皇親政による攘夷決行を画策していた。そのための天皇大和行幸の詔が八月十三日に発せられた。しかし、この動向は天皇の意向に全く関わりなく出されたものだった。天皇がこうした勢力をほとほと嫌悪していることを見て取り、従来から公武合体を標榜している者たちが、攘夷強硬派の放逐を決行したものだった。都落ちした七人の公卿衆は、兵庫の港から船で長州へ向かった。

竜介は馬関の兵士として毛利家中の一団とともに屯所にいた。外国船の砲撃を目の当たりにして、その力に衝撃を受けてからは、彼自身は内心意気消沈せざるを得なかった。周辺に次々と不穏の気に満ちた事件の報が伝えられたが、同僚達と共に屯所でくすぶる日が何日も続いていた。

義兄・晋作の創始した奇兵隊は騒動を起こしながらも、あちこちに出向いて活発に動いているようだった。長州と密接だった京都の公卿衆が放逐されて長州へ落ち延びてくることが伝えられ、その出迎えに三田尻まで出向いたのは晋作が率いる奇兵隊だった。隊の総督を免じられたとはいえ、やはり晋作が中心にいてこその部隊だった。

九月の末に義父・小太郎から書状が竜介に届いた。自らは隠居して家督を晋作に譲ること、そして晋作の後嗣は竜介とすると書かれていた。あまりにも目まぐるしい時勢の変転に疲れ果てた義父の表情を思い浮かべずにいられなかった。そうした高杉家での自身の立場の変化のために、いつしか肩に何かの重しがのしかかっているのを感じていた。

文久四年が明けるとともに、毛利家中の武士たちに変動があった。竜介が高杉百三郎として名を連ねている大組は、家中の正式な士分とはいえ、昨年末の西洋船砲撃以後明らかに奇兵隊などの諸隊の中で影が薄くなっていた。先頭には前原八十郎が立っていた。

彼は、一昨年毛利家を離れたと伝えられた男だった。師である吉田松陰の仇と見做していた長井雅楽が「航海遠略策」によって長州を公武合体に導こうとしたことを、長井暗殺によって阻止しようと目論んだものだった。ことは毛利家の処断が長井の切腹となり、目的が失われてしまったが、ほどなく長州への復帰を認められ、城内で右筆役を務めていた。

京の公卿衆が落ち延びてくるとともに、前原は「七卿方公用掛」に任命されていた。その前原が、長州兵の中で特に募った一隊を成そうという。

「農夫・商人さえ戦に臨む。我ら代々の長州武士の意気を見せずにどうする」と言って、盛んに毛利家への忠勤を鼓舞して、熱い口調で呼びかけていた。

竜介も漏れることなく呼びかけの対象になった。それどころか真っ先に声がかかった。

「お前の兄は、あの奇兵隊を率いているではないか。長州の名門中の名門の生まれの身で奮い立たなくてどうする」

若輩ゆえに前原の口調は有無を言わせず引き込もうとしている様子だった。しかし、前原と特に親密な者たちの囁きを聞けば、真の狙いは単に武士の心意気を見せるということよりも、七卿の面々を押し立てて京に進発することのようだった。

前原の呼びかけによって参集した一隊は干城隊を名乗って山口の政庁へ届を出した。ほどなく政庁からの指示により馬関の守備隊に加わることになった。

一兵卒の立場の竜介でも薄々感じられた京への進発の気運は、ほどなく大きなものに膨らみ出した。その中心にいたのは来島又兵衛だった。もう五十路に届こうかという年齢だったが、松下村塾の一党の青年達の向こうを張るほどの熱気を持っていた。彼もまた、晋作の奇兵隊創設に呼応するように防府周辺で人を募って結成した一隊を率いていた。

来島は率兵上洛を盛んに山口の政庁に訴えていたが、これには桂小五郎のみならず、久坂や晋作たちも慎重論を唱えた。重役たちは代案として来島を京都探索のために派遣することとした。

この動きの余波が竜介に及んできた。

「来島又兵衛の京都探索に数名を同伴させる。高杉百合三郎を遣わすこととする」

政庁からのご下命にやや面食らったが、ひるむほどの中味ではない。一年半ほど前に親兵として御所警護任務で初めて上洛した時ほどの緊張感は覚えなかった。

探索隊に竜介も加わり、首領である来島に従って、京都の長州屋敷に入った。家中の重役連からの下命は「洛中の情勢を探索せよ」というものだったが、はやる来島は機会を捉えて長州追い落としの一角にいた京都守護職の松平容保を襲撃しようと準備を進めていた。赤穂浪士よろしく火消同心の装束を用意して、夜陰に紛れて松平容保邸に討ち入る目論見だった。しかし、京都守護の屋敷は昼夜警護の兵が固めており、乱入を許すような隙は無さそうだった。

ならば、桜田門、坂下門に倣って、外出時を襲おうと言う者もいたが、偵察者の報告では、これまた容保の駕籠の周囲に物々しく護衛の武士が取り囲み、まさに戦時さながらであった。

思えば無理もない状況だった。前年八月十八日の折には、退去を命じられた長州兵が、前日までの守備位置だった堺町門の前に駆けつけた時には、会津と薩摩の兵が対峙するように構え、夕刻まで睨み合いの状況が続いた。その際の一触即発の状況を思えば、最大限の危機感を持って防備を固めているのは武家としての当然の対応と言えた。

探索がさしたる手掛かりもなく、一同が落胆しつつあるところへ、晋作がひょっこり姿を現した。竜介は思いがけない義兄の登場に多少うろたえた。晋作は今も正式には世子小姓の役職にあり、周囲と世子・定広ひいては君主慶親とのつなぎ役を務めるべき立場のはずだった。

晋作は言う。

「長州とは縁切りをしてきた。君命は来島を思いとどまらせよ、と言う事だった。しかし、この時勢で忠告など耳に入るものか。頭に血が上っているのだ。

京都進発などとは、あきらかに無謀だ。久坂や桂の言う通りだろう。まして、殿を朝敵にしてしまいかねない軽挙をどうやって申し開けるものか。

来島は俺に腑抜け、腰抜け侍と言って、なじり嘲っていた。はやる気持ちが分からぬではない。我が長州が辱められているのだからな。しかし、若君は自重せよと仰せだ。君命に反してはならん。だから、今回は毛利御家中とは縁を切ってきた。浪人の身になったのだから、何をしても毛利家には面倒はかけぬ。

　軍を進発させることはかなわぬが、長州を追い落とした連中の頭目を殺してしまえばよいのだ。皆は松平容保を仇と見ているが、最大の奸物は島津久光だろう。昨年の八月のことも大方長州の威勢を妬んだ薩摩の企みだ。あやつを亡き者にすれば、中川宮やら九条やらは吹き飛ぶだろう」

　いつにも増して、ただならぬ話を持ち出す義兄の表情に、竜介はただ聞き入るばかりだった。「明日土佐の中岡と談判をしに行く」という言葉から、久光襲撃を真剣に考えている様子だった。

　ほどなく、長州屋敷に世子御前詰めの岡部が世子の使者としてやってきた。晋作を連れ戻しに来たものだった。翌日、晋作の姿は長州屋敷から消えた。従容として帰国の途についたのならば面倒は起こらずに済んだことになるが、竜介にとってはどこか晋作らしからぬ振る舞いに思えた。ほどなく長州から、晋作が許しを得ずに毛利家中を抜けようとしたことの罪により、士籍を剝奪され、野山獄に送られるという知らせが届いた。

　長州の面々は、人相風体を変えて隠密裡に京都市中の探索を行っているつもりだったが、幕府もまた探索の網を広げていた。京都守護職の配下である新撰組がその役割を担っていた。

五月に長州の密偵として「つなぎ」役を果たしていた枡屋喜右衛門こと古高俊太郎が新撰組に捕縛された。長州屋敷の中は、古高の救出を図るべく謀議の者たちの出入りが明らかに増えた。さすがに長州屋敷自体を謀議の場にすることはなかったが、竜介の目にも見知った顔触れが長州屋敷に現れては、洛中に消えていった。

しかし、長州勢が行動を起こす前に、さらなる衝撃が襲った。六月十五日、京都の池田屋に集結していた長州の同志たちが新撰組の襲撃を受けた。九名が討ち死に、四名が捕らえられた。翌日は新撰組に会津、彦根、桑名の手勢が加わって、洛中探索が行われ、さらに二十数名が捕らえられた。闘死者の中には吉田松陰と深い誼のあった肥後の宮部鼎蔵、松下村塾の俊才で聞こえた吉田稔麿がいた。

同志を多く失った事件は、長州武士たちの心理を決定的に変えてしまった。来島又兵衛の京都進発論に慎重な態度だった久坂玄瑞が進発論に転じた。福原、益田、国司の三家老も挙兵を唱えた。

憤激の意気が湧き上がり、もはや抑止する者はいなかった。ほどなく隊が編制され、東に向かって歩を進めることになった。京に向かって進んだ長州兵は、三方・四方から京を包囲するように展開した。久坂と益田親施が山崎宝山に、来島・国司が嵯峨天竜寺に、福原が伏見の長州屋敷にそれぞれ陣を構えた。

久坂は長州の名誉回復を求める嘆願書を朝廷に提出した。前年の八月十八日まで長州と密着して攘夷を唱えていた公卿衆や諸侯の中には、長州に好意的な声もあったが、薩摩の吉井幸輔をはじめとした四名の志士が長州人の入京断固拒否の意見書を提出した。

この時点に至っても朝廷の幕府支持の基本姿勢に変更は無かった。その背景には孝明帝の「幕府を通した諸国統治」という理念があり、幕命により洛中警護を任務とする松平容保に対する信頼感があった。

久坂は宮城に刃を向ける考えは持っていなかったが、来島又兵衛と久留米の神職・真木保臣が強硬論を押し出して譲ろうとしなかった。七月十九日、御所の西側にある蛤御門付近で、長州兵と会津・桑名の兵の間に戦闘が起こった。福原隊と来島・国司隊が、一時は御所内に攻め入ったが、駆け付けた薩摩兵の攻勢のために押し戻されてしまった。来島は重傷を負い、自刃して果てた。

久坂と真木は、闘争発生時から、やや遅く御所に駆け付けた。そこで来島の自決とその隊の敗走を聞かされた。久坂の隊は、なおも堺町門を突破すべく攻めかけたが、門を守備する越前兵に防がれ、前進がままならない。さらに蛤御門の防御を果たした薩摩の兵が加わり、跳ね返されるように敗走してしまった。

竜介は久坂の隊にいた。御所に攻撃を仕掛けるという行為に大いに動揺したが、事態の目まぐるしさに感情も何も吹き飛んでしまった。堺町門の守備の堅さに苦戦した久坂隊は門の東側の鷹司邸に侵入し、そこから越前兵に攻撃をしかけようとした。

久坂は戦闘で傷を負いながら、鷹司関白に嘆願の介助を求めたが、鷹司輔熙はこれを拒否して逃亡してしまった。邸外からは越前兵が会津から借り受けた大砲を用いて砲撃を開始した。砲弾の威力にさしもの長州兵も散りぢりに逃れるしか術がなかった。

久坂は共に自刃すると主張する入江九一に「ここを抜け出し、若君にこの有様を伝え、京に近づかぬように申し上げてくれ」と言い、寺島忠三郎と刺し違えて果てた。

竜介は周囲の者たちとともに、天王山まで逃れ、そこで再起すると決め、脱出を図った。裏門から総勢が打って出たところで、先頭の入江が目の前で彦根の兵に槍で突かれた。入江は数歩後方へ、顔面を血に染めて倒れ込んだ。竜介は入江を肩で支えて一旦邸内に連れ戻った。邸内の人のいる方向に「九一殿が傷を負った。誰か手当てを！」と声を張り上げた。駆け付ける者を待ついとまは無かった。皆の申し合わせのとおり、天王山まで落ち延びなければならない。再度裏門に出ると、なぜか敵兵の姿がなかった。思いがけず隙が生じているところで、竜介はまっしぐらに南へ走った。

駆け続けながら、一、二度後ろを振り返った。闘争していた堺町門のあたりからは黒煙が上がっていた。鷹司邸は竜介が脱出した時に既に火に包まれていた。立ち昇る黒煙は勢いがさらに強まっていることを感じさせた。

竜介と数名が洛中のはずれまで辿り着いた時に、歩を休めて息を整えることができた。堺町門の煙とは幾分離れたところに新たな黒煙が上がっているのが見えた。

「我らの屋敷のあたりではないのか」

「何故煙が出る。誰かが火をつけたのか」

「解らぬ。会津の兵が報復のためにやったのかもしれぬ」

一行は目的地の天王山に急いだ。十九日の日暮れも近い頃、ようやく殿軍の益田親施が控える地点まで行き着いた。益田は敗報に驚愕し、退却を号令した。竜介らの一行に続くように落ち延びてきた兵士を収容すると、翌日には長州に向けて撤退を開始した。天王山から見る洛中の方向は幾筋もの黒煙が立ち昇っていた。どこが炎上しているのか京で日の浅い竜介にはわからなかったが、洛中が広く燃え上がっていることは見て取れた。

殿軍の益田親施が引き連れた敗兵は、這う這うの体で長州に帰り着き、世子と大殿・慶親に戦闘の顚末を報告した。世子・定広は久坂らの自刃のありさまを聞き、深い落胆の表情を見せ、かすかに涙を滲ませた。

しかし、敗走の苦渋と犠牲者を悼むいとまは長州にはなかった。山口の政庁に詰めている家中の重役たちから、英・米・仏・蘭、四国の軍艦が横浜から長州に向かっているいることを知らされた。前年五月以来の砲撃への報復と、馬関海峡の封鎖を打破せんとするためだという。

京から撤兵して帰り着いたばかりの者たちは、心身ともに疲労し意気消沈していた。しかし、長州に居残っていた諸隊の面々は、以前にも増して意気軒高だった。竜介も含む敗残の者たちを「不甲斐ない輩」と嘲り、「御家の役に立てなかったのだから、せめて西洋船に立ち向かえ」などと鼻息の荒さにまかせて、罵言の発し放題だった。

竜介にとっては、御所において久坂や入江が傷つき倒れる様を見て、戦いの現実が骨身に染みていた。盛んに威勢の良い言葉を発する連中には、腹の底では軽侮の気が涌いていた。

竜介自身もまた久坂の隊に加わって御所に向かった時は、ここが死に場所になるという思い以外のものは頭に浮かばなかった。しかし、久坂の言葉は「ここを脱出して、必ず大殿様と若君に闘争の様を伝えてくれ」というものだった。ここまで帰り着いたものの、一度死に損なった身という思いが心の底にあった。馬関に西洋船が来るというなら、そこを改めて死に場所にしようかという思いが湧いていた。

　竜介は、萩から馬関に向かう日の前日、高杉家を訪れた。義父・小太郎に暇乞いをするためだった。親子の縁を結んではいたが、竜介はその後も半分以上を泉家で過ごしていた。先ごろ、長子・晋作に家督を譲ることを表明した小平太は、さすがに幾分力が抜けたような風情になっていた。やってきた義息の挨拶を受けると、「義姉上にも挨拶をしていけ」と言った。

　晋作は四年前に名家の娘・まさを娶っていたが、江戸から上海まで東奔西走する生活を送り、これでは子をなすこともままならぬとして両親をやきもきさせていた。元治の元号になった年明けに、まさが身ごもったことがわかり、そのことは竜介にも伝えられていた。小太郎の家督云々の表明もそれに関連して示されたもののようだった。

　義姉のまさとは、高杉家で何度も顔を合わせていたが、挨拶以外の言葉を交わしたことはなかった。今回も馬関の戦場に向かう出陣の挨拶以外の言葉は思いの中になかった。

「このたびの戦で馬関の守りの任務に当たることになりました。我ら武士は決死の覚悟で臨みますゆえ、この度が今生の別れやもしれませぬ。幸い姉上様にはめでたき兆しのあることと伺っております。良いお子をなされれば、高杉家は末永く安泰のことと思います。私も後顧の憂いなく一戦し、あっぱれ花と散ってみせる所存でございます」

後半の一言は、まさの顔を見てふと思いに浮かんだ言葉だった。この一言が、まさの心の何かに触れたようだった。

「散るなどということは断じて思ってくださいますな。あっぱれ敵を制してお帰りくださると言ってくださいませ」

やにわに目を見開いた義姉の表情に、竜介は一瞬たじろいだ。

「いや、死ぬ覚悟と言うのは、言葉のあやというもので、無論負け戦ばかりを思い描くような不甲斐ない性根は持っておりませぬ。なれど、命を惜しむばかりでは、敵に後れを取ってしまいます。決死の思いがあればこそ、勝利の展望が開けるのでございます」

武士らしい決意を繰り返した竜介だったが、まさが発した言葉に、あきらかに気押されてしまっていた。

「晋作様も百合三郎様も死ぬ覚悟だけをおっしゃいます。なれど、男児が皆死んでしまっては、誰がこの長州を受け継いでいくのでございますか。かならずや、戦勝の知らせを持って凱旋されるとお約束くださいませ」

義姉の語調の鋭さに竜介はすっかり押さえつけられたようになった。

「よろしゅうございます。お言葉にかないますよう見事に勝報を持って凱旋することをお誓い申し上げましょう」

竜介は高杉家を後にして、泉家に戻って旅支度の仕上げをした。まさに決死の覚悟を語った時は、それが武士の当然の心得であり最も尊いものとばかり考えていたが、彼女の必死の言葉に一蹴されるように押し返されてしまった。泉家の出がけ前に母にそのことを言うと、母は微笑して答えた。

「まさ殿には珍しいことです。女子は母親になるときには必死になるものですよ。竜介殿も遠からず所帯を持つならば、そうしたことも気遣ってあげねばなりませんよ」

母は日頃、小太郎や蔵之介が武士の心得を語る時には何も言わず、息子達にも「父上のお話をよく聞きなさい」とだけ言っていた。

しかし、今回は母になろうとする義姉の肩を持つ言葉をはっきりと語った。夫の言葉を支持していながらも、彼女の心底にはそうした思いがあるのかもしれなかった。

昨年、馬関に行くときも父は普段とは正反対に「お前は死ぬな」と囁いた。そうして今日は義姉も母もそろって「生きて帰れ」という。竜介にとっては、いよいよ如何なる信念を持って行動すればよいのか、全く分からなくなってしまっていた。

竜介は長州兵の一員として加わるべく馬関に到着した。下関港の沖合には二十を超える西洋船が居並んで、攻撃開始の時を待ち構えているようだった。一方、海岸に繰り出した長州兵の一団は、人数も大砲の数も決して多くはなかった。前月には京都に数部隊が進発し、敗北のうえ帰還していないものも多い。配置された兵もまた奇兵隊をはじめ、その装備などから武士ではない者たちの部隊が多いことが察せられた。

八月六日、四国艦隊の艦砲が火を噴いた。昨年の米艦・仏艦の攻撃で、馬関近傍の砲台は皆破壊し尽くされたが、長州兵がその後必死で修復していた。その砲台は再び猛攻を受けて大破した。各国艦から陸戦部隊が上陸し、砲台破壊を完璧たらしめようとして進軍した。また、下関の街並みに向かう一隊もあり、数か所で長州兵との衝突が起こった。各国兵が持つ新鋭兵器に対し、槍・刀や火縄銃で立ち向かう長州兵は、多くが倒され傷ついた。

四国艦隊の三日間の攻撃で長州は完膚なき敗北を喫した。長州政庁は和を乞う使者を英国艦に遣わした。実は使者の中心人物は、高杉晋作が家老の子息宍戸刑部を名乗っているものだった。長州は、馬関海峡の通航自由・外国船への物資供与・砲台の撤去を受け入れた。ただし賠償金三百万ドルは、幕府の攘夷決行の指示に従ったものであるから幕府に請求されるという内容で和睦が成立した。

西洋船との戦闘は和平が成立したものの、長州が直面する危機はこれだけではなかった。七月十九日の御所における戦闘により、長州は朝敵と断定され、変事の四日後には追討令が発せられた。幕府は諸侯に号令して征長の軍を編制することになった。御三家たる尾張・御家門たる越前をはじめ、三十五家、総勢十五万を数えた。

八月十三日、諸侯の軍が五道に分かれて長州に攻め入り、現在の政庁である山口を目標とするとされた。

一方、長州では京都の敗報を聞き、世子・定広が讃岐から山口へ取って返し、父慶親と分家三当主らと対応策を協議した。当面、京都へ進発した三家老を解任し、岩国の吉川経幹が対外的交渉の窓口となることに決した。

幕軍が諸侯を率いて長州征伐にやってくる。その方針が表明されると、長州内の論は蜂の巣を突いたような状態になった。萩の武士達は、攘夷激派たる者たちがこのような危機を招来したものとして、厳罰に処し、政治の場から退けるべしと主張した。一方攘夷派は、京都や下関の敗戦に直面しながらも、なお意気軒高だった。奇兵隊をはじめとする諸隊は幕府との交渉を担当することになった岩国の吉川経幹のもとへ押しかけるようにして意見書を提出し、長州は武備恭順の方針で臨むべしと主張した。

九月二十四日、長州の方針を決定する君前会議が行われ、英国から帰国したばかりの井上聞多が諸隊を代弁するように武備恭順を主張した。大殿慶親もこれを了解する意向を示した。これによって大方針は定まったように見えた。しかしその夜、井上が闇討ちされて重傷を負った。正義派と自称していた攘夷派の後ろ盾と目された周布政之助は事態を収拾できないことの責任を取る形で切腹した。このため正義派の勢いは一気にしぼんでしまった。

正義派と連なっていた家中の重役たちは、一気に罷免・謹慎などの処分を受け、高杉晋作もまた政務役を罷免された。晋作には井上聞多同様闇討ちの恐れがあったため、萩から脱出して逃亡した。晋作はこの月の初めに、長男が誕生したばかりだった。

攘夷強硬派の面々が姿を消した後には、晋作らが「俗論党」と呼んで敵視していた椋梨藤太が政務役となり、長州の政論は「謝罪恭順」で決着した模様だった。

竜介は晋作の義弟であり従弟という立場だけに、周囲から攘夷激派の一員と見なされるのは自然な成り行きだった。本人の心持ちもそのことにさしたる疑問は持たなかった。しかしながら、心中熱い攘夷の思いは燃え盛っているかと言えば、特段そうした心持ちにはなっていなかった。慣れ親しんだ晋作や、その友人たる久坂玄瑞らの面々から聞かされた政見を理解しようと努めてはいたものの、自らが行動を起こすほどの自律的な攘夷論者には程遠い状態だった。

幕府は征長総督たる尾張慶勝の指揮により、十一月の総攻撃の準備をするよう諸侯に通達していたが、その陰で岩国の吉川経幹を窓口として長州との和睦の交渉を開始していた。尾張慶勝の信任を得て、交渉を担当しているのは薩摩の西郷吉之助だった。

謝罪恭順派が実権を握った長州は、京都への進発を指揮した三家老の切腹と四参謀の斬首によって、幕府との和睦に応じる姿勢を示した。毛利家父子の謝罪文の提出、京都から落ち延びた公卿たちの長州外への追放という謝罪条件が段階を追って決着していった。

竜介は敗北勢力の一員ゆえに登城もかなわず、諸隊の配備にともなって下関と山口を行き来するような中ぶらりんの境遇にいた。攘夷の先頭に立つとして気炎を上げていた長州の勢いもここまでかと思いかけていた。

他の隊員達とともに所在ない思いで時を過ごしている折に、見知らぬ男が訪ねてきた。詰所の玄関先に出向いた竜介に、男は「御親族から書状がございます」と丁寧な口調で言った。周囲に人がいない状態になると、急に小声になって「兄上様からでございます、どうか他の方には一切ご内密に」と言って手紙を渡すと逃げるように立ち去った。

書状は確かに晋作の筆跡によるものだった。その内容は、長州を出奔したことの弁明を書き連ねており。「捕らえられて牢獄入りとなっては主君のために働けないので逃げた」と書かれていた。逃亡する羽目になったことの口惜しさが滲んでおり、日頃の義兄の負けず嫌いの表情が思い浮かばれた。

文の後半には、武器を調達して、長府にいる同志の男に届けるよう求めていた。謝罪恭順派の者達に命を狙われ、尻尾を巻いて逃げ出したように思われていた晋作だったが、武具の用意を頼んでいるのは、依然気勢は衰えていないことを表していた。晋作が再び事を構えようとするなら、竜介の行動もおのずと決まっているようなものだった。

晋作の書状が届いてほどなく、長州諸隊は山口から長府に向かった。主君と世子父子が謝罪恭順派の一党に抱え込まれた状態で、力の持って行く場を失った格好の諸隊は、公卿達の護衛に注力することになった。竜介もまたその一群とともに長府に向かった。公卿達は京から落ち延びた七人から、逃亡した者、死亡した者がいて、今は五人になっていた。彼らは功山寺に落ち着き、諸隊も近隣に宿営地を定めた。

長府に行き着いたものの、その後の先行きは諸隊の先導者達も展望を持ち得なかった。君主・慶親と世子・定広からは、萩の政庁への恭順を命じてきている。これ以上の行動は君命に対する反逆になる。いかに血気にはやる諸隊の面々といえども、謀反人の汚名を着る所まで踏み出すという蛮行に及ぶ者はいなかった。

一月余りの不在を経て、晋作が馬関に帰還した。帰るや否や諸隊の面々に、即座に挙兵して萩の政庁を牛耳る俗論党を打倒すべしと訴えた。しかし晋作の熱弁にもかかわらず、一同の中でうなずく者は無かった。説得に効果が見えないまま日々が経過し、晋作の苛立ちはつのっていった。

十二月十五日深夜、高杉晋作は同志達と功山寺で挙兵した。行動を共にしたのは伊藤俊輔率いる力士隊と、石川五郎率いる遊撃隊など八十四名に過ぎなかった。竜介はこの寡兵の中にいた。

晋作は功山寺にいる公卿たちの代表格たる三条実美に面会し、挙兵を告げて暇乞いの挨拶をした。そして、馬関の会所に向かった。そこにある金と米を手に入れるのが決起の第一目標だった。

会所に押し入ると、馬関総奉行は抵抗することは無かったが、所内の金品は長府家中の者達が他所に移動させていた。空振りに終わった決起部隊だったが、ここで望外な支援者が現れた。

伊藤俊輔が下関港の周辺の商家を駆け回り資金援助を求めると、数件から色よい返答があった。それを呼び水にするように、決起参戦を志願する住民が続々現れた。その数は数日のうちに百名を超えた。

竜介は、義兄と行動を共にしながら、今度こそは死に場所であろうかと腹を括っていた。絶対の同志と思っていた奇兵隊にさえ顧みられず、百名にも届かぬ人数で行動を起こす晋作の向こう見ずにあきれながらも、信念に殉じて死ぬならばそれも良かろうという思いがあった。

しかし、目の前で晋作の手勢がみるみる膨らんでいくのを見て、二度目の驚きを覚えるばかりだった。我が義兄は神か魔かとさえ思った。

高杉率いる一隊は三田尻の海軍局に押しかけ、そこに繋留されていた長州海軍の軍艦三隻を奪取した。

行動を共にしなかったとは言え、長府に残った奇兵隊を始めとした諸隊の動向は、山県狂介らから細かな情報がもたらされていた。元治元年の大つごもりも迫る頃、正義派に属していた家老ら七名が切腹あるいは斬首で果てた。同時に諸隊に解兵の指令が発せられたことで、諸隊総員が高杉らの決起に合流することを決めたと知らせてきた。

元治二年の新年早々、諸隊の一部が絵堂の長州兵屯所に攻撃を仕掛けた。萩の政庁から討伐隊が派遣されたが、数か所の戦闘で敗れた。一月の半ばには馬関から高杉が遊撃隊を引き連れて合流した。ほどなく山口城下をはじめ長州一円が、進撃する諸隊への支持勢力に変わっていた。

萩城下のはずれまで押し進んできた諸隊は、萩城の政庁と交渉を行った。交渉期間の七日間は停戦に応じていたが、その期間に和議がまとまらぬ情勢になり、各部隊が市中に進入する構えを見せ、前浜には馬関から回航した軍艦癸亥丸が姿を見せていた。

一月のつごもり、毛利慶親改め敬親並びに世子・定広改め元徳の名より、謝罪恭順派の重臣たちの免職と政治改革交渉に応じる旨が表明され、押し寄せようとしていた諸隊も矛を納めることを誓った。

長州の内紛は、晋作らの率いる諸隊の勝利に帰した。しかし、晋作と竜介は別の事情が突き付けられていた。

前年の十二月十五日、晋作が遊撃隊などを率いて馬関の会所に押し入ったことは、ほどなく萩に伝わった。萩の高杉家で隠居暮らしをしていた父の小太郎は、これまでにない衝撃を体験していた。数年前に高杉家の家督は晋作に譲っていた。その晋作が長州の会所を襲ったのである。それは謀反に他ならなかった。

ほどなく小太郎から晋作に廃嫡を申し渡す書状が届いた。さらに行動を共にした竜介にも離縁状が届いた。晋作には前年十月に妻のまさとの間に男子が産まれていたが、その子にも高杉家は継がせることは無いと書かれていた。父にとっては二人とも主君に刃を向けた狼藉者そのものだった。書状にはこれまで示したことのない怒りと失望が満ちていた。

晋作と竜介の属する諸隊は毛利家中の紛争には勝利したものの、二人は高杉家に立ち戻ることが許されない身になっていた。やむなく萩城下の諸隊の屯所に寄寓する生活をおくることになった。父・小太郎の憤慨と悲嘆を思えば、確かに合わせる顔が無かった。事に臨んで「魔王の如し」と言われた晋作でも、小太郎の忠義の教えに全く反する行状をしてしまったことに、さすがに気が引けてしまっていた。

屯所で竜介と顔を合わせた晋作は苦笑を見せた。「百合三郎」と言ってから、「いや、すでに百合三郎ではなかったな。名乗りはどうする」などと聞いた。

「高杉家を離縁されたのですから、すでに泉家の三男坊ですよ。元の竜介に戻ります。もっとも、泉家においても主君に歯向かった不届き者として『育み』の扱いですがね。泉の父も家門の大恥として怒り心頭です」今度は晋作は大笑いして竜介は苦笑した。

四章　英国渡航

諸隊を勝利に導き、長州の内乱に決着を付けことを果たしたためか、晋作の表情は明るかった。そして、竜介に秘かに語る事としては、すでに次なる展望に思いを馳せていた。それは西洋渡航だった。晋作は文久元年に西洋渡航が一度は具体化しかけたが、この時は行き先が上海行きに変更された。

四年前に果たせなかった西洋行きの夢が心中に大きく膨らんでいた。前回は計画が大幅に縮小され、長崎から上海までの旅程になったが、この時の数か月の経験だけでも晋作には天地が逆転するほどの衝撃を受けて帰ってきた。晋作が攘夷論者としてさらに尖鋭化することに拍車が掛かっていた。

さらに前年には秘かに英国に渡った井上聞多と伊藤俊輔の話を聞き、一層「西洋をこの目で見たい」という思いが強くなっていた。

晋作は一月十八日以来諸隊の総理に推戴された立場にあった。二月に入って君主・敬親が長州の新たな政治方針を表明したことによって、諸隊は新政の中心に据えられることになった。諸隊幹部の中には、盛んに城に登り、毛利父子の最側近であると広言する者も現れた。創業の苦難はすでに去った。「もう自分の役割は終わった」というのが晋作の思いだった。

晋作は伊藤俊輔に長崎渡航の伝手を頼んだ。伊藤は去る文久三年五月に秘かに英国に渡った際にトーマス・グラバーの協力を得た経験があった。晋作が長崎に到着すると、グラバーは晋作を歓待してくれたが、反応は意外にも「渡航反対」だった。

「長州は今も危機の中にある。そうした時期に指導者である高杉さんが不在になってしまってはいけない」

グラバーの反対論の陰には井上聞多の働きかけがあるようだった。馬関での出航の際にも「行くな。残ってくれ」と懇願された。渡航仲間の伊藤にも頼み込み、グラバーにも書状をしたためていた。

井上にしてみれば、長州内乱鎮静に至る過程で幾度も見た晋作の強烈な存在感を抜きにしては、今後の長州の展望を思い描くことは出来なかった。諸隊の隊士達に勝利の後の傲りが垣間見え、そして幕府の出方への対処にも楽観できる余地は無かった。なんとしても長州の「重石」として、晋作がそこにいることが必要だった。

晋作が周囲の反対と懇願で西洋渡航をあきらめた頃、どうした行き違いか、萩城の政庁から「英国行きを認める。渡航準備のために横浜に行くべし」というお達しがあった。長崎に行く折に周囲に漏らしていた西洋渡航の希望が、毛利父子の耳に入り、少々の間を置いて承諾の裁定が示されたものだった。

「主君は許せども長州の事情が許さぬ」

西洋には縁の薄い身であるかもしれぬ、と思い、あきらめが心中に広がった。しかし、ここで晋作に一つの思案が浮かんだ。開いた扉をただ閉じてしまうのは勿体ない。形を変えて使えばよいのだ。

「竜介、お前が英国へ行け」

晋作の突然の話に竜介は仰天した。何度となく驚かされた従兄ではあったが、今度の話もあまりに藪から棒で、俄かには理解が困難だった。

「お前は幼い頃から呑み込みが良くて、勉学に向いていた。英国語もすぐに覚えるだろう。よく励んで国の役に立つ人材になってこい」

晋作は竜介の躊躇逡巡など意に介するふうもなく、自分が行くはずだった英国行きは従弟が代理になると、萩の政庁に返答をしてしまった。

元治二年が慶応に改まった四月、竜介はグラバー商会の世話を受けながら横浜から船出した。同じ長州の二人が一緒だった。他の二人は山崎小三郎、竹田傭次郎という長州海軍所属の者たちだった。

三人が乗る船は上海まで行き、そこで英国に向かう船便を待つことになった。ここで竹田備次郎が「一旦長州に戻り、再度英国に行く」として、日本に向かう船に乗って去った。ここからの船旅は竜介と山崎の二人だけとなった。

四か月余りの路程を経て、二人は英国に着いた。英国到着とともに、渡航の目的である西洋の先進学術を吸収すべく、学問を教授している機関を探した。心当たりは伊藤俊輔と井上聞多が通っていたというロンドン大学ユニヴァーシティカレッジだった。

ここで二人は、自分たちに先立つ物が無いことに気が付いた。出発の際に毛利家中からそれぞれ一千両もの旅費を与えられていた。しかし、船中で過ごす四か月のうちにあらかたを散財してしまっていた。船長に所持金をまるごと預けて任せきっていた。思えば二人は武家の息子として育った身の上だけに、家計上の理財などという観念には全くうとかった。大学で学ぶ席は得たものの、明日の食料にも事欠く事態が目の前に突き付けられた。

竜介にとっての英国生活は、金を借りる先を探すことで明け暮れていた。そのことが、思いがけず英語習得が進む効果を生んでいた。

しかし、山崎小三郎は英国での生活になじめぬままに健康を害していた。彼には英国風の食物がどうにも口に合わなかった。何でも構わずに口にする竜介と対照的に米飯を恋しがり、時折竜介や投宿先の学生仲間が提供してくれるライス一皿に涙を流すような日々が増えていった。

竜介は英国において、なお学ぶべき課題を模索しなければならない段階だった。伊藤と井上の助言通りに入学したユニヴァーシティカレッジは、確かに良い教養を授けてくれる優れた学校だった。しかも英国教会信者でない者も区別無く受け入れてくれるという有り難い特色があった。

しかし、竜介が英国渡航にあたって周囲の人々から期待されたのは国防のための知識を身につけることだった。今にも我が国が欧米諸国から鷲掴みにされんばかりの情勢の中で、高尚な教養を求めているいとまは無かった。必要なのは軍艦を操り、銃砲を駆使する知識なのだ。

同時期に日本からやってきていた日本人は、当然のように同じ事情を抱えていた。伊藤俊輔と井上聞多とともに英国に渡った面々のうち、野村弥吉は同じ大学で学んでいたが、彼は鉱山と鉄道の技術を専攻していた。山尾庸三は竜介が英国に到着した頃には、造船技術を学ぶべく北部のグラスゴーに赴いていた。遠藤謹助は体調を崩し、帰国の途を探していた。

竜介は軍人としての教育を受けるべく、そうした機関を探したが、英会話さえ拙い十代の東洋人にとっては、全くの五里霧中の状況だった。

そんな折、大学で学ぶ竜介のところに奇妙な人物が現れた。三国志の豪傑かと思えるような見事な髭を生やしたその英国人は、頭は対照的にきれいに禿げ上がっていた。その人物はローレンス・オリファントと名乗り、禿頭に似合わず、まだ三十代だということだった。

オリファントは、以前日本に数か月居たことがあった。文久元年六月、英国の駐日公使オールコックの書記官となった経歴があった。江戸到着の数日後、公使館となっていた江戸高輪・東禅寺が水戸浪士に襲撃された。拳銃を仕舞い込んだままだったオリファントは、乗馬用の鞭で浪士に立ち向かったために右腕に刀傷を負った。

彼は竜介に上機嫌で武勇伝を語り、刀傷の跡を見せながら大笑いしていた。そして、竜介が軍事の教育機関を探していることを聞き、これを紹介すると申し出てくれた。オリファントは生来の気質なのか、日本人がよほど気に入ったのか、全幅の親愛の情を示していた。

竜介は、オリファントの紹介によって、ロンドン近郊のウーリッジにある王立士官学校に入校することができた。砲兵や工兵としての教習を受けると、ようやく英国までやってきた目的にかなうものに出会えた気がしていた。

暗中模索ながらも、一歩ずつ前方が見えてくる竜介に対して、山崎小三郎は体調が回復せぬまま、ロンドンの冬を越すことなく病没した。異郷で帰らぬ身となった同胞を、竜介と数人の薩摩の留学生たちだけが見送ることになった。

ようやく意に適う教育の場を得た竜介にとって、英国の兵学校はさすがに多くの刺激を与えるものだった。馬関の戦闘において二度までも恐怖を体験させられた西洋の軍備の内面を学ぶにつけ、長州の現状との余りの懸隔に驚き、かつ落胆さえ感じていた。

士官学校から、英国軍の演習を見学できる機会の案内などがあれば、竜介は嬉々として出掛けて行った。ドーバーで海軍と陸軍の共同訓練を見学した際には、その兵器の圧倒的な力と部隊の整然とした動きに、唯々唸るばかりだった。

この演習見学には、大学で出会った薩摩の鮫島尚信、吉田清成、松村淳蔵、畠山義成が同行していた。そうして、この演習の場でもう一人の薩摩人と出会った。

薩摩の四名と別れて二、三度見学場所を変えていると、広い原野の人ごみの中で東洋人らしき男が、こちらに嬉々とした様子で駆け寄ってきた。

「あなたは日本人か」と声を掛けてきた。

「然り。長州の泉竜介と申すものです」と答えると、男は喜色満面になり、話し始めた。

「私は薩摩の横山休之進と申します。薩摩と言っても、この度の英国渡航は土佐の方々のお世話でやってきたものですが。

実はここまで案内してくれたマーチンという人とはぐれてしまい、左右も分からず困り果てていたところです。泉殿は、ここからロンドンまでの帰り道はお分かりですか」

懇願するような顔で言われ、自分や晋作同様無鉄砲な人がいるものだ、と思い、内心苦笑していた。

「もちろん存じていますよ。お困りでしたら帰路はご一緒いたしましょう。

そう、今回の演習には薩摩の人たちも四人見学に来ております。おそらく違う場所で見学しているものと思いますが、探してみましょうか」

竜介の問いかけに横山は小さくかぶりを振り声を潜めて言った。

「薩摩武士と言っても、数年前に島津家中を抜けた身ゆえ、あまり合わせる顔がないのです」

どうやら仔細のある様子なので、竜介はそれ以上問わなかった。

「主家を抜けるとは、まるで私の従兄と似た話です」

「従兄もやはり毛利の御家中ですか」

「いかにも。高杉晋作という名で、一時は私の義兄でもありました」

「おお、高杉殿。お名前はしばしば伺っております。私は、こうして英国に来ているのは土佐の坂本龍馬殿の骨折りのおかげですよ。薩摩の連中よりも、坂本さんの話にしばしば高杉殿のお名前が出てきました」

　遠い異国で日本人に出会った二人は、めっきり話が合い、ドーバーの鉄道の駅舎に近いところにある酒場で一時語り合った。横山休之進は晋作と同年齢だった。日中に見た英国軍の演習の有様を二人は賞賛し続けた。「日本人はこの国に追いつかねばならない」二人の一致した感想だった。横山はさらに演習見学を続ける竜介を残して、車上の人になって、ロンドンに向かった。

　兵学の習得は軌道に乗ってきたように思われた。しかし、英国に到着した折から頭上にのしかかっている問題は日毎に重くなっていた。英国への渡航途上で路銀を使い果たしていた竜介は、入国以後負債でことを賄う以外方法はなかった。地方領主たる毛利家の指令を受けた身であることの信用に賭けるだけの心許ない立場だった。グラスゴーやアバディーンにいた者たちはトーマス・グラバーが陰に陽に援助を続けているようだった。しかし、竜介や、ロンドンの大学で勉学を続ける薩摩武士たちは、日々に懐具合が苦しくなっていた。

五章　帰国

一八六七年は日本では慶応三年にあたる。竜介の英国生活は金銭的に限界に来ていた。負債返済の目処をつけるためにも、一度帰国する以外方法が無かった。

まだ肌寒い英国を出発し、船が東方へ向かった。往路同様二か月を要して、アジアの一角へ帰り着いた。

日本へ到着する直前、船が香港へ寄港した。そこで竜介は思わぬ一報を聞かされた。港の一隅に出店を構えているグラバー商会や、ジャーディン・マセソン商会の一同が寄り集まっている場に呼び込まれ、そこで伝えられたことは晋作の死だった。つい一月余り前、労咳が重くなったためだという。

竜介はにわかに事態を呑み込めなかった。自分がはるか英国に赴くことになったのは他ならぬ晋作の裁きによるものだった。本来ならば晋作自身が行くべきものが、長州を背負う身ゆえ断念し、竜介がその代理になった。

周囲から魔王とさえ言われ、その存在は圧倒的なものだった。竜介自身も幼い頃から眺めていた晋作の姿は途方もなく大きかった。その姿が肺病ごときでこの世から消えたという。そのことを頭脳が容易に受け入れなかった。

晋作がどれほど西洋をその目で見たかったことだろう、という思いが湧き出した。確かに長州の中心人物であったが、桂殿もいる、山県殿、伊藤殿もいる。多士済々ではないか。なぜ我が義兄を行かせるぐらいのことが出来なかったのか。晋作の大きかったであろう心残りに思いが及ぶと、日ごろ物に動じないはずの竜介であったが、図らずも涙を流していた。その様子に周囲の英国商人たちも掛ける言葉を失っていた。

香港から最後の渡航をして長崎に至り、そこから馬関に帰り着いた。そこで諸隊の者達から、そして萩に至って親族一同から、晋作の末期の様子を聞かされた。皆言葉少なだった。竜介にとっても語るべき言葉は無かった。

竜介が日本を離れていた二年間、時代は余りにも大きく変転していた。晋作は馬関の港を外国船に開放することを主張したために攘夷激派に命を狙われ、またしても長州から出奔した。その翌年幕府が朝廷の勅許を得て、再び征長の軍を起こした。

幕府軍が攻め寄せると、これまで同様晋作が逃亡先から呼び返され、長州軍の司令官に据えられた。二年前とは違い、今度は薩摩が秘かに長州と手を結んでいた。長州軍は各所で幕府軍を撃退した。そうした中で七月に将軍・家茂が大坂城で病没、十二月に京都で天皇が没した。

　長州に帰り着いた竜介は、早速英国で学んだ西洋兵学を故国のために生かすことを求められた。

　一年余り前から長州の兵学校御用掛である大村益次郎という人物に引き会わされ、「この方のもとで長州軍強化に努めるのだ」という萩政庁からのお達しだった。

　大村は、自分は周防国吉敷郡鋳銭司村の医者で姓は村田である、と名乗った。つい先頃、出身地の字名によって、大村益次郎の名を与えられて毛利家中に連なったが、村田と呼んでもらってもかまわない、と本人が語った。

　大村は語り口が全くぶっきら棒だったが、竜介と話すときは、雄弁に兵学論を語った。彼の兵学論はオランダ仕込みということだったが、竜介が英国で学んできたものと良く整合していた。大村が「自身の解釈である」として折り込む解釈も、竜介には良く呑み込めるものが多く、西洋軍学をよく咀嚼できていることが感じられた。

　征長戦において実力で幕府軍を撃退したことで、大いに長州の意気は上がっていた。英国で西洋兵学を修めた竜介に対する期待も大きく膨らんでいることが分かった。ようやく二十歳に手が届くばかりの年齢で、英国で学んだといっても一年余りでイロハをようやく触れた程度の自分が、崇めんばかりの扱いを受けたことに、ただ驚くばかりだった。兵学指南役である大村益次郎はともかく、こうした感覚からして、毛利家中の西洋への理解は心許ないものと感じることがしきりだった。

竜介が長州に帰り着いて、萩の政庁の重役連に帰朝報告とともに願い出たことは、英国で山ほど作ってしまった借財の返済の工面と、中断せざるを得なかった兵学研鑽のための英国への再渡航だった。しかし、重役連は最早取り合わなかった。

「負債の返済ならば家中に任せるがよい」

「長州はいまや薩摩とともに倒幕の再先鋒にいる。お前は英国で身に付けた知見をそこに活かすのだ」

竜介自身にとっては一年そこそこの留学では勉学としてまだ端緒についたばかりのものでしかなかった。しかし周囲の視線は、英国に渡航した身であれば、天翔けるが如き活躍をするのが当然と見做しているようだった。

目指すものが近づくどころか遠ざかっていく状況の中で、竜介の心中に失望感が湧き上がっていた。義兄晋作は、こうしたことを何度も味わったのだろうか。そうした中で、あのように意気盛んに見える行動を取っていたのだとすれば、やはりあの人は飛び抜けた傑物だったのだ。

萩に帰り着いても、さすがに高杉家には近寄り難かった。晋作と竜介の二人は功山寺で兵を挙げて主家に刃を向けた。忠義を尽くしてきた養父・小太郎の顔を完膚無いほどに潰してしまった自分である。晋作の言うように不忠不孝の兄弟である。全く合わせる顔が無かった。

泉家の実父母のところには、不孝にかかる詫びを入れて迎え入れてもらった。父の蔵之介は天下の時勢が変わったことを縷々語っていた。

「わが長州は、すでに旗色を明らかにしている。そして昨年幕軍を撃退した。小太郎殿が晋作殿やお前を廃嫡したのは、わかっているとは思うが、憎くてやったことではない。これまで毛利家に忠義を尽くしてきた小太郎殿としてもそのようにせざるを得なかったのだ。大殿様とて誠に大きな苦衷を抱えておられた。筋目を思えば、お前たちの廃嫡のほかに道は無かった。

しかし、時勢は変わった。今度の戦勝により、いまや朝敵の汚名は晴らされ、もう謀反人の科なども心配もない。再び天下晴れて泉家の三男と名乗るが良いぞ」

母まやの言葉は優しかった。

「私の兄様も、つらいお立場だったことでしょう。晋作殿に家督を譲ってからいかほども経っていなかったですからね。武家のお勤めはにはあのような時もあるのでしょう。大恩ある大殿様に申し訳が立たず、そうせざるを得なかったのです。お詫びをするなら私が話を取りなすこともしましょう。幸い英国で勉学を修めて無事に帰り着いたのです。すでに父子ではなく伯父甥の間柄ですが、会わぬままでいるのはよろしくありません。なるべく早くお目通りをお願いしてみましょう」

普段は夫にまかせて息子たちにあれこれいう母ではなかったが、いつになく明快な言葉で小太郎との面会を勧めた。こんな一面に伯父や義兄に似た明らかな意志の持ち主であることが感じられた。

竜介の帰国後、半年を経るうちに日本国の情勢は音を立てるように動いていった。幕府は、すでに長州一国を征伐する力さえも無いことが満天下に知れ渡り、その命運は風前の灯だった。十五代将軍となった徳川慶喜が十月十四日、朝廷に大政奉還を奏上した。追い詰められた中での窮余の一策だった。しかし、倒幕を目指す薩長を中心とした勢力の工作により、朝廷は慶喜に対し辞官・納地を求めた。慶喜は幕兵とともに大坂城に退去せざるを得なかった。

長州では、諸隊に京に上る号令が発せられた。三年余り前には、京都朝廷から排除され、武力で地位を回復すべく兵を起こした。結果は蛤御門で撃退され、朝敵の汚名を蒙った。今は御所を警護する部隊として招聘されて上京する立場に返り咲いた。

竜介もまた上京する部隊の中にいた。三年前の変事においては、鷹司邸の裏門で入江九一が敵兵の槍で倒されるのを目の当たりにした。今や長州軍を指揮する大村益次郎の有力な配下である。勇躍たる思いで進軍すべき場であるはずだった。しかし、竜介には英国渡航の希望が遠のいたことによる落胆が胸にくすぶっていた。

慶応四年が明け、大坂城の徳川軍が京都に向けて兵を進めてきた。迎え撃つ薩長を始めとした兵は、鳥羽・伏見で徳川軍と戦闘を開始した。数日の戦闘は薩長軍の圧倒的な勝利だった。大坂城に退却した徳川軍は、秘かに開陽丸に乗って大坂の港から江戸へ逃げ去った将軍・慶喜に置き去りにされるという有様だった。

長州はいまや官軍となり、薩摩勢や有力公卿とともに新政府を組織することを宣言した。新政府に対し朝廷から慶喜追討令が発せられ、薩長を中心とした官軍が江戸へ向けて進軍を開始した。

六章　箱館

京都の新政府では、王政復古の大号令と共に、新たな行政組織づくりが始められた。太政官制が定められ、各種の政庁が創設された。とはいえ、その名称や役割分担は、あたかも奈良・平安の昔に返るようなものが多く、あきらかに手探り状態であることが露わだった。

太政官制で定められた七官の中に外国官があった。諸外国から受ける圧迫感のゆえに起こった日本国の大変革であったから、この外国官の役割は第一等の重要性があった。その首席には公卿の三条実美が就いていた。三条がほどなく太政官全体の首席たる任に遷ったため、伊予宇和島の伊達宗城が外国官知事に就任した。

幕政時代の末期には賢侯として聞こえた伊達宗城ではあったが、諸外国との応接の経験などは無い。外交の実務は新たに人材を集め、組織を新たに構築することから始めねばならなかった。

薩長を始め、新政府支持を表明している諸侯の配下に、人材推薦を求める呼びかけがあった。竜介の名はすぐさま長州が推す人材として名が挙げられた。竜介を推挙したのは、長州兵を率いて京に上った広沢兵助だった。ほどなく竜介は外国官御用掛の任命を受けた。彼に続き、森有礼、鮫島尚信ら英国留学経験者が次々登用された。

慶応から明治に改元され、新政府が日毎に形を整えていく中で、外国局は一つの重い課題を抱え込んでいた。それは遥か北の方で起こっていた難問だった。

江戸における旧幕府勢力は上野寛永寺の彰義隊が征討され、ほぼ消滅していた。しかし、残存勢力が下野から会津、東北へと逃走を続けていた。また、幕府軍艦開陽丸を占拠した者達が榎本武揚に率いられて蝦夷地に向かった。

明治元年十月、旧幕府軍は箱館を攻略・制圧した。四月に箱館奉行所の権能を引き継ぐ形で、新政府官人たる清水谷公考らが任に就いていたが、外国船によって青森へ避難していった。

新政府は海陸の軍を派遣して、翌年五月に旧幕府軍を征討した。半年余りの間、旧幕府軍には、それ以前から幕府を背後から支援していたフランスの影があり、諸外国の中には蝦夷地を独立国と見做す気配を見せるところもあった。蝦夷地の問題解決は、出発したばかりの新政府の外交上の重要課題だった。

清水谷公考が箱館府知事として返り咲くと、その権判事として泉竜介が任命された。

ほどなく箱館の地に赴任した竜介は、旧箱館奉行所たる五稜郭の地に立つ箱館府政庁で、清水谷知事と対面した。

聞き及んだことでは、公考は二十四歳、竜介より二歳上だったが、その見るからに公家の若様らしいつるりとした顔立ちは、全くのお坊ちゃまに見えた。竜介は、外国官御用掛に取り立てられた折に、京や大坂で何人もの公家と出会ったが、皆揃って共通点のある顔立ちをしていた。公考と顔を合わせてみると、またもや同じ印象を持った。同じ日本語を話しても、公家と武家は生まれも育ちも違う人間なのか、という思いが涌いていた。

まだ二十代前半でしかない二人が取り仕切って、この箱館府を成り立たせねばならない。国のはずれとは言え、蝦夷地改め北海道は、ロシアが秘かに狙いを付けているという噂がしきりで、外国官の面々は、蝦夷地こそが国の最前線であるとさえ言っていた。そして、外国ばかりではなく、箱館の地の近隣にもやっかいなことがあった。

慶応三年、まだ幕府の箱館奉行所の管轄の頃、箱館郊外・亀田村において、奉行所がプロイセン人・リヒャルト・ガルトネルに五反の土地を貸し付けた。その翌年、箱館府に着任した新政府の知府事・清水谷公考の時代、土地の貸付が開墾委託に変わり、面積も十万坪に拡張された。

明治二年二月、前年十月に箱館を奪取した旧幕府軍は、ガルトネルとの土地契約を、三百万坪を九十九年間にまで拡張、延長した。榎本武揚率いる蝦夷共和国は、半年程で潰えた。そうした折に知事たる清水谷公考と、泉竜介はこの箱館の地にやってきた。

箱館府は、榎本軍がガルトネルとの間に結んだ土地貸付契約と、ほぼ同内容の契約内容を再度締結した。箱館府が重視したのは、ガルトネルが貸付を受けた農地内に以前から耕作を続けている農民が、ガルトネルから追い立てを受け、時には粗暴な振舞いに及ぶため、府庁に救済を求めていることだった。貸付契約の再確認とともに、貸付地に住む農民への慰撫をガルトネルに求めた。しかし、このことは、その後もあまり改善しなかった。

明治二年七月、東京において北海道開拓使が設置され、初代長官には肥前の鍋島直正が就任した。長官はほどなく公卿の東久世通禧に交代した。

開拓使の判官には宇和島出身の得能恭之助が登用されていた。外国官において短期間長官を務めた伊達宗城の置きみやげ的人事発令だった。得能は明治二年九月に箱館を訪ねた。彼は一年余で健康を害して任を離れるが、その短期間に彼はガルトネルの一件に関わることになった。

得能は、三百万坪にも及ぶ広大な農地が、プロイセン人ガルトネルに貸し付けられており、この地に旧来から居住する農民に対し、ガルトネルが粗暴な振る舞いをして紛争が生じていることを、東京の政府に通報した。

新政府においては、外国官は外務省と改称し、初代の外務卿にはかつての七卿落ちの一人澤宣嘉が就任していた。

外務省は、はるか北方で起こったこの一件を大いに問題視した。箱館は徳川幕府時代からの開港地とは言いながら、ガルトネルの開墾地は条約で認められた外国人の居留地を遥かにはずれていた。また、該当地域が極めて広大であり、貸付年限の定めが無く、ガルトネルは榎本軍と契約した九十九年の借受を主張していた。九十九年の借受という手法は、英仏などの列強が東洋の各地に進出する際にしばしば用いている手段であることが情報として伝わっていた。新政府が欧米に対して抱く恐怖心を刺激するに十分な状況だった。

ことは速やかな解決を要する。しかし、ガルトネルの母国プロイセンは欧州において日の出の勢いであり、数年前にオーストリアを打ち破り、フランスと覇を競っている情勢である。何よりも取り扱いに慎重を要する事案だった。得能は外務省の指示で、箱館のプロイセン国公使と折衝するよう箱館府の面々に求めた。しかし、折衝した公使の返答はつれないものだった。

「この件は、清水谷殿と泉殿がガルトネルと契約したもので、当方が関知するものではない」全く個人的なことであるという見解だった。

当然のように清水谷公考と泉竜介に対して開拓使の事情聴取が行われた。公考は「この件は万事泉君にまかせていたもの」と答えた。

竜介は、行政庁としての業務のことゆえ文書により回答した。事実の経緯をひととおり述べ、それに続いて自身の見解を記した。

「箱館奉行所の時代から、日本人の手で開拓を試みていたが、成果・利益が上がらなかった。むしろプロイセン人に土地を貸して開墾させ、運上金を取り立てる方が良いのではないか」「カリフォルニアやオーストラリアのように、人を選んで開拓させれば、北海道防備の費用くらいの利益が得られるだろうと考えた」

ガルトネルは日本政府の契約解除の申し入れに対し、それまでの開墾に要した経費などの補償を請求した。外務省は交渉を重ね、多額の賠償金を支払うことで決着した。

政府は、政府に多大な損害を与えた清水谷と泉の両名に処罰を申し渡した。竜介は杖打ちに処されるところを、「公務によること」として罪二等を減じられ、謹慎六十日という裁定が下された。清水谷は竜介に対する監督不行届で、竜介より十日少ない謹慎五十日に処された。

　竜介は、あわや杖刑という無残な身となるところだったが、二か月の謹慎ということで事が納まった。その陰には、新政府発足とともに重きを成している桂小五郎こと木戸孝允、井上聞多こと馨という長州出身の幹部たちの意向があった。維新を目前にして世を去った高杉晋作に対する彼らの友情は実に深いものがあった。その従弟であり義弟であった竜介の身を守ることは、彼らの共通の思いの表れでもあった。

　時折顔を合わせると、木戸を始め、長州の面々は竜介に慰撫の言葉を掛けた。

「箱館の件は残念なことだった。君は多種の才能を持っている。やがて名誉挽回の機会もあるだろう。それを待て。機会を逃さぬよう日々の研鑽を怠るな」

七章　再び英国

伊藤俊輔こと博文からは、今後の展望について声を掛けられた。

「君は以前から再度の洋行を希望していたのだろう。よい話がないか、僕も耳を欹てているよ。具体的なものがあればすぐに知らせる。しばし待っていてくれ」

二十歳を過ぎたばかりの身で、大きな失策を犯した竜介に対し、長州の諸先輩の接し方は実に温かだった。良くも悪くも、物事を深く感じ入るほうではない竜介ではあったが、このことには「有り難い」という言葉を胸に刻まぬわけにはいかなかった。

やがて周囲の人たちの言葉が実現することになった。明治四年、東伏見宮が英国留学するということになり、随員が必要であるという。英国留学経験がある者として、竜介は最適任ということで、すぐさま名が挙がった。宮様のお伴という役割には、前年に公家の若様の配下として処罰を受けた記憶が生々しく、いささかげんが悪いようにも思えたが、何より念願が叶って英国渡航の道が開けたことに胸を躍らせた。

宮様の随行の旅程は、はじめに米国へ向かった。米国の西海岸まで船で行き、北米大陸を横断して、東部のボストンから再び船に乗って英国に至った。

英国においては、東伏見宮の落ち着き所が決まると、留学の真の目的である法律学校を探した。英国の駐日大使であるハリー・パークスの紹介状を手に、リンカーンズ・インを訪ねた。

東伏見宮は留学とはいっても、英国軍の閲兵など親善が主たる目的であり、数か月で帰国の期日が来た。竜介は、当初の予定通り、随行任務の免職を願い出て、許された。もとより法律研究のための留学として、外務省から内々の了解を得ていた。

留学生として勉学に集中できる境遇になった竜介は、学費を自ら得るために働き口を探した。弁護士の見習いなどの働き口も考えたが、リンカーンズ・インの教官が一つの助言をくれた。

「英国の法律は商取引にかかるものが多い。そうした職を得て、取引の現場で働くことが役に立つのではないか」

そこで、商社や金融機関の職を探してみることにした。その彼の前にチャールズ・ボールズという人物が現れた。彼はアメリカ人だった。彼は自分の兄弟達と金融業を営んでいた。アメリカだけでなく、英国やフランスにも支店があり、海をまたぐスケールで事業を行っていた。

ボールズ兄弟の会社は旅行代理店や荷物の運送を手掛け、その客を対象に金融を行うという事業スタイルで、中々手広い商売をしているようだった。先ごろロンドンでの事業を拡大することになり、人材を求めているということだった。

ボールズは、驚くべき厚遇で竜介を迎えた。ボールズ兄弟銀行の子会社ナショナル・エージェンシーを設立し、竜介はなけなしの手持ち金で株主となり、かつ取締役の一角に加わった。日本が明治五年を迎えようとするころだった。

収入の道を確保し、英国での生活を安定させる目処がついた。竜介は、ここで新たな目標に向かうことを思い立っていた。

英国人の娘を嫁にもらおう。それは、前回の留学の時点ですでに脳裏に描いていたことだった。大学に通学し、金策のためにあくせくと駆け回っていた竜介は、ロンドンや近郊の町を巡りながら、日毎に感じていることがあった。

英国の女性の立派な体格に目を見張っていた。明らかに日本の男性を上回る長身で、そして目鼻立ちがくっきりして美しい容貌の娘が多くいた。日本男児が英国女性を娶って、子ができれば体格の良い子が生まれるだろう。そうしたことで時代を重ねれば、やがて日本人も欧米人に劣らぬ体格の持ち主になることだろう。そんな空想が何度か心中に湧いたが、明日の食費にも事欠く日々であれば、空想以上のものにはならなかった。

しかし、今や豊かな収入の道を得た身である。伴侶を求めることに何の問題も無い。ただ、遠い異国に単身でやってきた東洋人に縁組を求める心当たりなどは全く無かった。ボールズなどにも「よい話があれば……」と頼んではみたが、この件にはあまり目立った反応は無かった。

竜介は、下宿の女主人にも嫁探しを頼んでみた。下宿を営むスティーヴンス夫人はまだ三十前後の一児の母だった。竜介の申し出に「まあ、あなたはまだそんなにお若いのに！」と声を出して笑った。笑いながらも、「良い娘がいたら紹介するように心がけておきますよ」と笑顔で応じてくれた。

竜介は夫人の誕生日に贈り物をしようと考えていた。日ごろ親切に接してくれることへの感謝とともに、子育てが忙しく、外出着に合わせる帽子が少し古びているのが気になっていたためだった。

「あまり気を使わないでください」

夫人はつつまし気に言いながら、行きつけの帽子屋の場所を教えてくれた。

竜介は、翌日早速教えられた帽子屋に行ってみた。帽子屋の女主人にスティーヴンス夫人のところの下宿人であること、夫人の誕生日の贈り物として帽子をプレゼントしようと思っていることを説明した。帽子屋の主人は、スティーヴンス夫人と懇意の間柄らしく、喜色満面で応じてくれた。

女主人は、ジェーン・アダムスという名でスティーヴンス夫人とは幼い頃からの長いつきあいとのことだった。彼女へのプレゼント用の帽子の注文ならば、特に良いものを作ろうと言ってくれた。そうして仕事場の方へ行って、人を呼び立てた。

アダムス夫人に呼ばれて、若い娘がやってきた。まだ二十歳になるかどうかくらいに思える娘のようだった。夫人は、竜介に娘を紹介した。

「この娘は、イライザ・ピットマンと言う名前です。いつもはライザと呼んでいますけどね」

そうして、若い娘の方を向いて竜介を紹介した。

「ライザ、こちらのお客さんは、私のお友達のスティーヴンスさんの奥様のところに下宿している学生さんですよ。スティーヴンスの奥様に帽子をプレゼントされると言うから、よいものを作ってあげてちょうだい」

「承知しました」お針子らしき仕事着姿のライザというむすめは一言返事をした。

「この子は、ここに来て二年ほどになるんですけど、とても筋の良い子でね、もうお客様の注文をまかせてもよいくらいの腕前になってきましたから、ご期待ください」

「ありがとう。帽子はいつ頃いただきに来ればよいでしょうか」

「いえいえ、こちらからお届けしますよ。日数は掛かったとして四、五日でしょう。他ならぬスティーヴンスさんのための品物ですからね。ご挨拶がてら、お宅までお持ちしましょう」

「ありがとう。スティーブンスさんの奥様にもそのようにお伝えしますよ」

帽子屋のアダムス夫人の愛想の良い応接に、竜介は少し気分を良くして、家路についた。

四日後に、言葉通りにアダムス夫人が帽子を届けに、竜介の下宿にやってきた。夫人はライザを伴っていた。アダムス夫人は、スティーヴンス夫人への挨拶をそこそこに、今回の帽子の良い点を大いに語りだした。ライザにとっても客の注文を受けて自分が仕上げるという仕事は初めてのようだったらしく、師匠として弟子の売り込みに力が入っているようだった。

帽子屋の二人が帰っていった後に、竜介は改めて、スティーヴンス夫人に、実際は翌日である誕生日のお祝いを言った。夫人は笑顔で応じ、その表情から、贈り物の帽子を気に入ってくれたことが感じられた。

夫人は、友人が伴ってきたライザのことを少し話題にした。

「ライザは小さい頃から賢い子でね。学校にも通ったから読み書きができるんですよ。あの子の家は子供が八人いましてね。上の子たちの頃は、父親のチャーリーさんは庭師の子には学問などいらん、修行でおぼえれば良いんだ、と言ってたんだそうですよ。

　昨今は、こういうご時世でしょう？　読み書きくらいは出来なければ世間を渡っていけませんよ。ライザはよくお勉強したから、とても物知りです。帽子を縫うにしても、見本帳を自分で読んで勉強するから、時にはアダムスさんよりも知っている場合があるそうですよ。

　それだけ勉強したのだから、何か良い働き口がないか、良い嫁ぎ先が無いかと思っているんですよ。いえね、帽子屋のお針子でも筋が良いってアダムスさんは言っていますよ。でもねえ、やっぱり学があるなら、よいお屋敷の仕事の口でもかからないものかと思いますよ」

　スティーヴンス夫人は、日ごろの親切心に満ちた気性のままに、ライザのことを自分の妹か娘のように気をもんでいた。

「そうか、読み書きか」

　竜介は、長州でのことを思い返していた。武家の子として生まれた竜介は、物心つくころから読み書きの教育を両親から受けていた。それが普通のことだと思い込んでいた。しかし、諸隊が組織され、農家や職人、商家の手代などが兵に加わってくると、読み書きを知らない者達が大勢いることを知った。将の指示を伝えるにも書き物は用を為さず、直接言葉で伝えねばならず、不便を感じることがしばしばあった。萩や山口からの触書を高札にして掲げても、首を傾げて眺めるばかり、という者たちも少なからずいた。

英国に来ても、読み書きのできる者は有為の人物なのだということが分かった。法律学校やボールズの会社の業務で出会う人々はともかくも、ロンドンの日常生活で接する人々には、読み書きが覚束ない人々が少なからずいた。世界を制しているように見えた大英帝国も、庶民の事情は似たり寄ったりかと思い、何故か安堵の気分が涌いていた。

竜介は、一つの思案を脳裏に巡らせていた。帽子屋のライザを近々開業するボールズ会社の店舗に雇えばどうだろう。読み書きが出来るならば、書類のやり取りも、自分で書類を作ることもできるのではないか。東洋人の自分がいきなり雇ってやると言っても面食らうだろうが、お針子よりはよい賃金を支払ってやれるのではないか。アダムス夫人とスティーヴンス夫人も、こうした話を持っていけば歓迎してくれることだろう。竜介の心中には、たちまちあれこれと計画をめぐらせる思いが膨らんでいった。

　翌日、竜介はすぐさまボールズ会社に行って自分の構想を相談してみた。支店長であるチャールズ・ボールズは、話を聞いて、やや怪訝な表情をした。

「その娘は、今は帽子屋のお針子なんだね。父親は庭師をしているのか」

「私もこの度会っただけですが、小綺麗な娘です。物腰はしとやかで、けっして粗野なところはありません」

「君は、その娘に好意を持っているんだね」チャールズは、竜介の顔を見てにんまりした。急に直截な問いをされて、竜介はどぎまぎしたが、

「好意の有り無しの問題ではありません。私に開業をせよ、というのですから、仕事の助手は当然必要でしょう」

　竜介の多少気色ばんだ返答を聞いて、チャールズは最終的な答えを返した。

「いいだろう。君が助手として雇い入れたい人の人選は君の判断にまかせることにしよう。その給与は君に与える会社の予算の中でまかなってもらいたい。

　雇い入れた職員の役割をどうするかもまた君にまかせることにする。しかし、今日お話ししていた女性は、助手よりは女給として雇う方を勧めるね」

　出会って以後、常に好意的に接していたチャールズが、初めて訝し気な態度を示し

たことに、竜介はいささか不快感を覚えていた。雇い入れる人員を竜介自身が求めたことを喜んでいないのか、それともライザという娘の人となりを好んでいないのか、判然とはしなかった。いずれにしても、反対はされなかったのだから、自身の原案を貫徹しようと考えていた。

二日後、竜介は花束を買い込んで、アダムス夫人の工房を訪ねた。竜介の急な訪問に夫人は驚き、ライザを雇い入れたいという竜介の申し出に二度驚いた。仕事場から呼び出されたライザは、それ以上に目を丸くして驚いた。

夫人とライザは当惑した様子で、しばし言葉を忘れていた。アダムス夫人がようやく口を開いてライザを促した。

「良いお話じゃないの。お給金もはずんでくださると言うし。ライザが良いなら、私は大賛成だよ」

そう言葉を掛けられても、ライザは俄かに気持ちが整理できない様子だった。ややしばらくの沈黙の後、ようやく口を開いた。

「一日お時間をください。家族と相談をしたいのです」

「いいですとも。君の心の決まるのを待ちましょう」

竜介は、翌日の午後にはスティーヴンス夫人の下宿に在宅していることを告げて家路についた。先刻出会ったライザの表情にかすかな警戒と怯えが見えたことを思い返していた。自分がもたらした話は当然悪い知らせではないと思っていたが、アダムス夫人が面食らいライザが不安の色を見せたこともわからないではなかった。帽子工房の女将と下宿屋の女主人は旧来の知人だが、竜介とライザはこれまで二度顔を合わせたことがあるだけだった。

しかもどこか遠い異国の人間である。伝えられたのは良い話ではあるが、それだけに疑念が湧くのは、むしろ自然な感情と思われた。

翌日、ライザは竜介の下宿先にやってきた。

「お仕事をさせていただきます」とだけ簡単に昨日の返答をした。前日の彼女の表情から、一抹の不安を感じていたが、竜介は満面の笑みでライザの手を取った。

「有難う。君の未来が良いものになるよう僕が力を尽くすことを約束しよう。仕事に精を出して、僕の事業に力を貸して欲しい」

職員を一人雇い入れるだけの手続きだったが、竜介はいつしか声にも力が入っていた。

「来月には、チャーリング・クロスに僕の事務所が開業する。君にもそこで仕事をしてもらうことになる」

「チャーリング・クロスは行ったことがありません」

「もうすぐ毎日眺めるようになる。僕の勧める商会は裕福だ。ロンドンの真ん中で世界を相手に事業をするんだよ」

ライザから色良い返答を得て、竜介はこれまでに無いほど浮かれてしまっていた。

一八七二年七月、しばらくあちこちの国を商用で巡っていたチャールズ・ボールズがロンドン支店に顔を出した。到着するなり、竜介に新情報を伝えた。

「君の国の日本の使節団が、来月英国にやってくるそうだ。今月まではアメリカにいる。五十人もの人数を引き連れているそうだ。日本は革命が起きてまだ四年を過ぎただけだというが、新政府の高官が何人も加わっているということだ。君の知人も一人二人くらいはいるのではないか？」

「その話は初耳です。ロンドンにも日本の公使が来ています。明日にでも訪ねて事情を確かめてみますよ」

「その日本の使節団なのだが、アメリカの支店でおかしな話を聞いた。五十人の大集団が揃って懐に金貨を抱えながら旅行をしているというじゃないか。なんとも時代遅れで理に適わぬことをしているものだ。ここ英国でも良く治まっているとは言え、盗賊の類が全くいないわけではない。日本ではお金を預けるという考えはないのかい。

そうでなくても為替や手形というものを現金の代わりに持ち歩くという方法はないのかね。専門の金融業者にしっかり保管してもらうことが何より安全というものだろう。うちでもどこかの銀行でもいい。預ける所を探すのが良い。一国の使節団が財布を掏り取ろうとする連中に怯えながら過ごすなどとは、何とも無様な話じゃないか」

竜介にとっては、ボールズの話に尤もなところがあると思った。英国の社会の仕組みを学ぶべく留学してきた身にとっては、日本の習慣がお粗末で原始的なものと評されるのは、少なからず癪に障ることだった。

翌日、竜介は早速日本公使館を訪ねてみた。公使館は一月余り前に開設されたばかりだった。応対に現れたのは中井弘という名の男だった。

「泉殿、久方ぶりですな」

その男は、弾むような声で竜介を迎えた。中井という名に心当たりは無かったが、容貌に見憶えがあった。

「お忘れかもしれませんな。ドーバーでお目にかかったのは六年も前になりましょうか。その折には横山と名乗っておりました」

男はドーバーの英国軍の演習場で出会った横山休之進だった。彼は日本に帰国した後に伊予宇和島の伊達家に仕え、主君・宗城が外国官となった縁により、維新後は外国官御用を勤めることになった。外国官としての実績を買われ、駐英公使館の開設とともに書記として渡英していた。

　外国官ならば竜介と同時期に任用されるはずだったが、名字が変わったためだろうか、竜介には彼と同僚になったという記憶はまるでなかった。さらには、外国の駐日使節の応対の任にあった中井と、維新後ほどなく北の箱館へ向かった竜介とでは、接点が無かったのも無理からぬことだった。

　中井は七年前の初対面同様、人懐こかった。竜介が近々やってくる日本の使節団のことを問うと、日本から送られてきた使節団の名簿を持ち出して見せてくれた。そこには思いのほか多くの知った名前があった。木戸・伊藤・野村靖は他ならぬ義兄・晋作の盟友である。山田顕義は、竜介が英国帰国後にともに大村益次郎の指導を受けた人物だった。団長の岩倉にしても、維新政府が創設されるときに竜介を京都に呼び寄せた当事者であった。

　中井は、竜介を公使の執務室へ招き入れ、公使の寺島宗則に紹介してくれた。寺島は、かつて松木弘安という名の蘭方医だったが、文久二年の徳川幕府の遣欧使節団の一員として洋行経験があった。さらに元治二年には密航の身で英国に留学する薩摩の若者たちを連れて、再度英国に渡った。英国への留学経験において竜介よりも遥かに先輩格である。

「留学生として勉学に励んでいることと思う。研鑽を積んで日本国政府の期待に応えてくれたまえ」

寺島は、やや硬い口調で挨拶し、英国風に竜介と握手した。

竜介は、中井に礼を言って公使館を後にした。使節団の顔触れが解ったことで、竜介の胸中には大きな計画が描かれていた。間もなく発足する自分が中心となる会社の前途が無限に開けているような思いに包まれていた。

ほどなく、チャーリング・クロスのボールズ商会の建物の一角に竜介のため、といってもよい成り立ちのナショナル・エージェンシーの事務所が開設された。建物の中には竜介自身の居室があり、やがて、その住人にライザが加わることになった。

ロンドンの中心街の豪壮な館に陣取り、商社の主人に納まった竜介とライザは、大いに浮かれていた。公使館の中井だけでなく、日本から英国へやって来る留学生や商用の旅行者達の話を聞きつける度に、次々と自宅に招いた。

やってきた者たちは、商会が入居する建物の構えに目を見張り、さらに招き入れられた事務所の応接室で茶を進めてくれるライザを見て、再度仰天した。平然としていたのは、京都の三条家の随員として留学している尾崎三良だけだった。

尾崎三良は、三条実美の甥の公恭の随員の身分で慶応四年三月に英国に留学した。尾崎は英語学習のために寄宿した教師の娘と親密になり、すでに二人の子を生していた。

一八七二年八月、岩倉具視を団長とする日本の使節団はロンドンへ到着した。竜介は使節団が公使館に入る日に、表敬のために訪ねていった。木戸・伊藤をはじめとした長州以来の交流のある面々は、竜介の姿を見て嬉々として迎えてくれた。法学研究のための留学から現在は商社の経営の一角を担っていることなど近況を伝え、後日の再訪を約束して退出した。長州出身者にとっては高杉晋作の義弟という存在は、いまなお特別な重みがあった。

翌日から竜介の公使館通いが始まった。使節団の大きな目的は欧米諸国の軍備の実態を知り、その背後にある軍需産業の仕組みを知ることだった。そのことは、公使館で中井と再会した際に聞き取った話で呑み込めていた。

竜介としても、一度目の英国留学から帰国し、大村益次郎の指導を受けながら調練を行っていた時期に、必要性を痛感していたことだった。

使節団が英国にやってきて、視察に赴く場所の選定は公使館の職員が行っていた。公使である寺島宗則、館員である中井弘とともに英国留学経験者であり、伝手のあるところに視察受け入れの打診を行っていた。竜介は、自分が渡りを付けられそうな視察先の名を挙げて、何箇所も売り込んでみた。

竜介は、前回の留学においては陸軍大学校に所属していた時期があった。そうして、ボールズ商会の経営陣の一角に加わることによって、商用による交際を通して知り合った人達が各地にいた。これはという軍施設や事業者を推薦して、何箇所かが視察場所に加えられた。

竜介はさらに視察の案内役を買って出た。使節団員には副使の伊藤博文をはじめ、福地源一郎・長野桂次郎といった英語に堪能な随員がいた。しかし、総勢五十人を超える一団ともなれば、現地で通訳の役割を果たせる人員は得難い戦力だった。

副使の木戸・伊藤と旧知の間柄だったこともあり、竜介が視察先のかなりの場所で案内役を頼まれることは自然な成り行きだった。

現地採用の臨時の随員として、竜介に幾許かの手当が支払われることになった。英国内を何箇所も旅行する先導役としての旅費や日当である。路銀に話題が及んだところで、竜介は先日来心中に描いていた話を団員達に持ち出してみた。

「旅費を行く先々まで懐に抱えて往来するなどは危険極まることです。英国のような進んだ国では、まとまったお金は銀行などの金融業者に預かってもらい、必要な時に必要なお金を引き出して使うのです。安全な上に、預けておく月日の長さによって利息がつきます。日本の両替商とは違って、大きな商社と考えていただきたい」

竜介の説明は、チャールズ・ボールズの受け売りが大方だったが、「英国のような進んだ国」という言葉はかなり効き目があった。現金を常に持ち歩くのは時代遅れであり、預けるのが当然と言われればそんな気がして、使節団だけでなく、公使館に出入りしている者たちが大勢竜介の勧誘に応じた。

団長たる岩倉具視を先頭に、副使の四人もその私費をナショナル・エージェンシーを通してボールズ協会に預金することになった。団員たちも大半がこれに倣った。ただ、公費である団員の旅費の会計を受け持っている田中光顕は、半ば無視するように竜介の勧誘に応じなかった。彼の判断は、文久年間に幕臣として遣欧使節団に随行していた福地源一郎の意見に従ったものだった。

竜介が使節団に随行してグラスゴーやマンチェスターまで足を運ぶ中で、彼自身が話題の中心になった。はじめに話を持ちだしたのは伊藤博文だった。

「竜介、君の商会を訪ねた人達の話では、今、英国人の女性と同居して夫婦同然に暮らしているそうじゃないか。その女性と今後どのように過ごそうと思っているんだね」

「ゆくゆくは夫婦に成ろうと考えています。体格のよい白人女性と結婚して子を生せば、子孫の体格向上にもつながります。日本男子が白人女性と結婚することを大いに奨励すべき、というのが僕の持論ですよ」

　使節団を迎えて、自分の商会の事業が好展開になったこともあり、竜介はめっきり自信を深めていた。その表情を見ながら、伊藤は少々困惑気味だった。

「男女が親しくなるのは自然なことだ。悪いことはない。しかし、結婚というのは国によって法律が異なっているのだから、たやすくはいかない。各国との交際が深まれば、そうしたことに食い違いが無いように、制度が整理される必要がある。それまで待つ方が妥当ではないか？」

　日頃から、無理なく事を進める手法を考える伊藤らしい意見だった。翌日、岩倉や他の副使たちが揃っているところでは、特段結婚に反対するという意見は無かった。大久保利通は、竜介が留学生の身であることを念頭においていた。

「泉君は、法律の研究のために留学しているのだろう。商社に勤めているのも、その実務の修行のためということなら、学業完了まで数年は英国にいることになる。その頃には伊藤君が案じている各国との法律や慣習の違いなども整理されることだろう。夫婦になるということで良いのではないか」

　使節団の面々の賛意を得て、二人の結婚は周囲にも公認されることになった。婚姻届はすでに昨年の九月に届を済ませていた。二人が共に生活を始める時に、ライザの両親を納得させるためには、さすがに必要な手続きだった。婚姻届の証人は、ロンドンに留学生としてやってきていた元・徳島藩主の蜂須賀茂韶が務めた。

二人の婚礼は、竜介がキリスト教徒ではないため、教会で行うことはできなかった。そこでナショナル・エージェンシーの社室にテーブルを並べ、ライザの親族と竜介の知人・友人を招いて、ささやかに式と宴が行われた。

竜介の友人の一人がライザに聞いた。

「ライザ、婚姻届の謄本をさきほど見せてくれたが、君の名はELIZAと書かれていたね。本当の名はエリザというのかな?」

「いいえ、教会にはイライザという名前で届け出られています。でも家族も友達も皆ライザと呼んでいます。だから私も自分はライザだと思っています」

竜介が横から言葉を継いだ。

「英国では本名よりも通称で呼ぶ方が多い。ウィリアムをビルと呼ぶようにね。ヴィクトリア女王陛下さえ、陰ではヴィッキーなどと馴れ馴れしく呼んでいる。まるで幼友達だね。

我々が皇后陛下はもちろん、毛利公の奥方でも綽名で呼んだら、切腹ものだな」

英国女性と目出度く家庭を持ち、使節団の良い反応によってナショナル・エージェンシーの事業も順調だった。英国内の各地を案内役として一団を連れ歩き、竜介はまさに順風満帆だった。

しかし、十一月に暗転がやってきた。視察先のからロンドンに帰り着き、団員たちと次の行き先の準備に取り掛かった。しかし、翌日竜介が商会の建物に立ち入ってみると予想もしない光景を見ることになった。

ボールズ商会には、全く人の気配が無くなっていた。ナショナル・エージェンシーの執務室として与えられていた部屋だけは、かろうじて竜介の持つ合鍵で入ることができた。商会の室内は鍵が掛けられ、窓から覗ける室内も、うす暗い中に机や椅子が見えるだけだった。

ロンドン市中の知人や取引先を駆け回ると、大方は全く知らないという反応ばかりだった。一、二か所で、商会はアメリカの支店の一つが火災のために大損害が出たらしい、という話をしていた。翌日には、商会の一室で呆然とする竜介のところへ、ボールズ商会の顧問弁護士と名乗る男がやってきて、ボールズの名の記された文書を渡した。

「ボールズ氏から、泉さんがロンドンに戻られたらこれを渡すように託されました。

詳しいことは私も何も聞いていません」

事務的な言葉だけを残して、その男は立ち去った。

チャールズ・ボールズの書状には、支店の一つが火災を起こし、商会の経理状況が悪化したこと、商会全体の経営を縮小せざるを得ないこと、商会のロンドン支店は閉鎖し、ナショナル・エージェンシーも廃業となること、これに伴い、竜介との雇用契約も解約となると書かれていた。

竜介の絶望の傍らで、使節団の一行も恐慌に陥っていた。正規の旅費などは田中光顕が守り通していたが、各個人が一文無し同然になり、進退窮まってしまった。

正使・副使が協議し、日本政府が英国のアジア各地の植民地向けに金融を行っているオリエンタル・バンクに緊急援助の資金提供を求めて、これが認められた。

急場をしのぐ目処はついたが、団員の憤慨はたちまち竜介に向けられた。被害額があまりに大きく、竜介の土下座謝罪だけで済まされるようなものではなかった。

中には切腹という言葉を持ち出す者もいたが、さすがにこうした空気は、長州を代表する立場にある木戸が抑えた。

「泉竜介もまた職を失い、無一文で放擲された被害者なのだ。ボールズ商会というのは、およそ意図的な詐欺商人だろう。泉が甘言に翻弄されたのは、あまりに用心が不足していた未熟さを問われねばなるまい。我々長州の面々で厳しく鍛えなおすことだ」

　木戸にとっては、今なお盟友であった高杉の面影を忘れずにいた。常に慎重居士だった木戸に対して、蛮勇を奮う晋作の気質に自分には無い優れた点を見て、羨望を感じることさえあった。その晋作が可愛がっていた竜介を守ることは、途半ばで病に倒れた晋作の無念に対する供養であるという思いが強くあった。

　使節団は十二月にヴィクトリア女王との謁見を済ませ、その月のうちに隣国フランスへ旅立った。竜介は無職の留学生として、英国に取り残されることになった。

　木戸と伊藤は渡仏直前に竜介に言い渡した。

「官費留学生で来たのではないから、資金を失っては勉学も続けられまい。一度日本に戻るよりほか無いのではないか。もし帰国の旅費も無いというのであれば、我々が都合しよう。いずれにしても、英国では大失敗して大勢の人達に迷惑をかけてしまった。日本に帰って一から出直すことだな」

　竜介としても、身の処し方はそれ以外無いと思っていたが、ライザのことがあった。異国で出会って、一度は甘い夢を見せ、そして天から地へ突き落とされるような思いを味わわせてしまった。英国に彼女を置いて自分だけが去っていくというのは、思いもよらなかった。

竜介はライザに問うてみた。

「僕は職を失い、もう一度生活を立て直さなければならない。一緒に日本に帰るかい？　日本にいくのは嫌かい？」

ライザは一息呑み込んでから答えた。

「私はあなたと夫婦になりました。一緒に日本へ行きます」

二人は再びお互いの手を取り合った。

英国を引き払うまでの二か月余は、竜介にとって苦しい月日になった。好感を示していたピットマン家の人達は、たちまちよそよそしい態度に変わった。大実業家と思われるような振る舞いをしていたものが、ある日突然無一文の失業者に落ちぶれてしまった。無理も無いことだった。

スティーヴンス夫人とアダムス夫人には合わせる顔が無かった。二人の結婚を最も喜んでくれたのはこの二人だった。ライザをシンデレラ姫にするために現れたはずの異国の若者は、数か月甘い夢を見せただけの男だった。

債権者達は、竜介に群がっていた。ボールズ商会はロンドンから撤退したとは言え、アメリカには本体が存続していた。それを知ってすぐさま追いかけた者もいたが、それが出来ない者は、ロンドンにいる竜介からなにがしかの金銭を取り戻そうとしてつきまとった。

「我もまた被害者」という竜介の言い分が聞き入れられる場所は無かった。お尋ね者同然の日々を過ごすこととなった。

春が近づいた頃、竜介はライザを連れて東洋へ向かう船に乗った。這う這うの体で英国を去ることになった。路銀は伊藤が長州時代から親しい英国商人に頼み込んで用立ててくれた。竜介もまた幾分かは見知った人物だった。その男の視線から、かすかな同情と冷笑を感じ取りながら、竜介は屈辱を忍ぶ以外身を処す術が無かった。

八章　東京

日本に帰り着くと、竜介は東京に居を定めた。大失策を犯した身で、寂しい帰国であったが、竜介の内心には既に一つの構想ができあがっていた。

ボールズ兄弟商会の子会社を一年余り経営する中で、米国と欧州諸国を往来する旅行者の介助によって手間賃を受け取る商いをすることが、思いのほか多くの顧客があり、繁盛することを知った。

日本の開国が成り、諸国と交流することを国是とした今ならば、日本を出入りする人々が増加し、こうした商いが有卦に入るに違いない。この事業を英語を話せる自分が行えば、大いに見込みがあるのではないか。

ボールズ商会は、資産が少ない中で野放図に商いの手を広げていたために、少々の揺らぎがあっただけで事業が立ち行かなくなった。自らの地力を踏まえて行えば、決して行き詰まるものではない。竜介は前年の失策をそんなふうに思い返していた。自らの事業に対する感覚を、それほど悲観してはいなかった。

商売には元手が必要だ。裸同然で英国から帰り着いた竜介には、まとまった金などあろうはずもなかった。実父の蔵之介はすでに隠居の身となり、義父の小太郎には勘当された間柄であって、相談を持ち掛けるようなことは到底考えられなかった。竜介が思い浮かべるのは、ロンドンで彼の窮地を救ってくれた長州の志士達だった。

竜介が初めに足を運んだのは、初の渡英の際に英会話の手ほどきを受けた井上聞多のところだった。井上は維新とともに名を馨と改めていた。新政府の発足とともに大蔵省の幹部となって官僚の道を歩んでいた。

岩倉使節団の一行が洋行した時期には井上は留守役を務め、大蔵卿として政府内で大いに重きを成した。しかし、財政の要ゆえに、多方面からの要求も厳しかった。侃々諤々たる議論に明け暮れた末、明治六年五月、井上は政府閣僚の座を去っていた。竜介が井上を訪ねていったのはそんな折だった。

やってきた竜介を見て井上は大いに喜んだが、訪問の事情を聞くと、いささか寂しい表情になった。彼自身も政府の職を辞して、三井組の厄介になり、その後の身の振り方を思案している立場だった。

井上は苦し気な様子ながらも、頭をひねりつつ、一つ二つの提案をしてくれた。生来社交的な気質だけに、大蔵省を辞していたとは言え、付き合いの広さには自信満々だった。彼が竜介に紹介したのは、大蔵省時代に直属の下司だった渋沢という人物だった。

「武蔵の庄屋の生まれだが、千葉道場に学んだ剛毅な男だ。一時は横浜の異人商館を焼き討ちしようと考えるような攘夷強硬派だったが、慶喜公の弟君と一緒にパリの万国博覧会に行って以来、その後はめっきり開明派だ。

新政府が出来た折に、大隈が連れてきて大蔵省の役人に雇い入れたんだが、今年の春に俺と一緒にお役所を飛び出してしまった。俺は、四方のお役人が我がまま勝手ばかり言うのに腹が立ったからおさらばしたんだが、渋沢は元々商売の道に志があったんだ。

奴の才は大変なものだ。フランスに居た月数は俺の英国時代と大差はないが、フランス語は実に達者だ。むこうで見聞した株式会社というのを日本でも始めようとしていたというから、君ともきっと話が合うだろう。

今は銀行というのを作るためにあちこち走り廻っている。見込みのある商売には金を融通すると言うのが本業だそうだ。君も商売を始めようというなら相談してみる値打ちがあるかもしれん」

渋沢栄一の名は、竜介の耳にもかすかに聞こえていた。日本に帰国するとともに、横浜の景況を観覧がてら訪問した折に、外国人たちの間で、貿易商からお役人になった人物として話題に上っていた。横浜商社街での噂だけなら、竜介自身が事業を起こそうとしているのだから、同じような者もいるだろうという程度にしか思わなかったが、井上の口からその名が出ると、にわかに彼の心中でその名が大きな存在に思えてきた。

竜介は井上に聞いてみた。

「井上さんは、三井組に加わって大きな商いを始めるのですか」

そう言うと、井上は再び苦笑いに近い表情になった。

「役所の席を蹴って出た時は、そのつもりだったのだがなあ、あれから俊輔が繰り返しやってくるんだよ」

「伊藤さんは何と言っているのですか」

「もう一度役人に戻れと言うんだ。あの連中の顔を思い起こすと、気が進まんのだがな。

何分、大久保や大隈が才気を振りかざして取り仕切っているから、伊藤としても味方が欲しいのだろうさ」

「木戸さんがいるではないですか」

「彼は、洋行から帰った頃から体調がおかしいんだ。何やら会う度に顔色が良くない。我々長州武士の要にいた頃とは人が違ってしまったように見えるよ」

木戸・伊藤・大久保は、つい数か月前に英国で顔を合わせていた顔触れだった。その間に皆が日本へ帰国してきたが、政界模様はすっかり変わってしまったようだった。

竜介は、井上がしたためてくれた紹介状を持って、さっそく兜町にある国立銀行を訪れてみた。渋沢は泊まりがけの出張をしており不在だった。あちこち忙しく出歩いている様子だったが、明後日には帰ってくると聞かされ、再訪の言伝を頼んで、出直すことにした。

竜介は二日後に再び兜町に出向いた。今度は目指した渋沢に面会することができた。渋沢は頭取として一室を占めていた。招き入れた職員は、見慣れない若者に怪訝そうな視線を向けながら、頭取の部屋まで案内した。

渋沢は、入室した竜介をにこやかに迎えてくれた。豪傑風の男を思い浮かべていた竜介の目には、渋沢が思いのほか小柄で、大黒か恵比寿を思わせる丸顔が印象的だった。フランス仕込みの洋装をしていたが、聞き及んでいた前歴のとおり、武蔵の庄屋の若旦那という風情を感じさせた。

竜介が頼み事の口を開く前に、渋沢の方から次々と話題を持ち出した。

「井上さんから話は聞いたよ。実は昨日の夕方、三井組を訪ねたので、井上さんと顔を合わせたんだ。そのあと一杯飲んだんだよ。君の事を話していたよ」

渋沢の語り口は気取ったところが無く、率直だった。竜介は、顔を合わせるまでは一抹の不安を抱いていた。孔孟の書を復誦するような説教を聞かされるか、フランス風の実業論を延々と語るような人物なのでは、という思いがあった。そうした心配はあたらないようだった。

「君は、井上さんから英国語を学んだというが、今では師匠も及ばぬほど言葉が巧みだそうだね。私も井上さんの話ししか聞いてはないが、英国で出会った人達は、英国人と見まがうほどだと絶賛していたそうだ。外国語を学び取ることに特別な才能を持っているらしいね」

渋沢の誉め言葉に気を良くした竜介は、自らの計画と訪ねてきた目的である頼み事の一部始終を語った。「外国渡航の旅行者のための事業」という趣旨には、洋行経験のある渋沢ならば共鳴してくれるのではないか、という期待があった。

話を聞き終えて、渋沢が再び口を開いた。

「君の話を聞いて、昨晩井上さんから聞いて思い浮かべたことと、ほぼ違いはなかった。僕も洋行したから西洋事情に詳しいだろうと皆に決めて掛かられるが、なにしろ一橋の殿様に命じられて、弟君のお供についていっただけだ。旅の段取りやら案内やらは、皆幕府の通詞やお雇いのフランス人がやっていたから、僕などはまるで蚊帳の外だったよ。

これではいかんと思ってそれからは猛勉強だった。シーボルト先生の御子息に外国語を学んだり、外国人の事業家を手あたり次第訪ねて廻った。もっとも、外国語は今もちんぷんかんぷんだがね」

渋沢は、竜介がしたためてきた事業の趣意書を受け取りながら、改めて自身の意向を語った。

「君の考えの通り、これからは日本人もどんどん外国へ出かけていくことになるだろう。そのための先導役は無くてはならないものだ。そうした事業は、必ずや将来大きく伸びていく事と思う」

「しかし」と渋沢は言葉を切った。

「何しろ、日本と西洋諸国の付き合いは始まったばかりだ。洋行する人たちもこれから増えるだろうが、今はまだ極限られている。商いとして成り立たせるなら、君のよほどの頑張りが必要だろう。覚悟はあるだろうね」終始にこやかな表情の渋沢の目が一瞬鋭くなった。しかし、すぐさま表情を緩ませた。

「井上さんの話では、君は英国から細君を連れ帰ったそうだね。なかなかやるじゃないか。なにしろ、これからは日本が西洋諸国に伍してお付き合いをしていく時代だ。西洋の女性を惚れさせるぐらいのことをしてこそ日本男児だよ。君はその先駆けというわけだ」

渋沢が冷やかし気味に声をあげて笑うので竜介もはにかんで苦笑せざるを得なかった。

「さきほど言ったように、君が手をかけようとしている事業は将来有望だと考えている。僕個人と、そして我が銀行がいかなる支援ができるか、案を固めるのに数日猶予をくれないか。そのうえで改めて事業の発足の形を決めよう。

そして、君は信頼できる仲間を集めたまえ。一人でやる商売では、できることは知れたものだ。力になってくれる盟友を獲得できるか否かも君の才覚の証だ。一所懸命の心持ちで奮闘してくれたまえ」

渋沢の激励を受けて、竜介は五日後の再訪を約して銀行の建物を後にした。

「仲間を集める」という思いは、当然ながら竜介の心中にもあった。渋沢の言葉で、そのことの重要性を痛感していた。二度の英国留学で知り合った者達に、帰国とともに声を掛けていたが、極短時日だったこともあり、人数も僅かで、藪から棒の話を聞いても半信半疑の表情をする者ばかりだった。

「ここが事業の正念場だ」と思い、竜介は身構えを改めた。すでに声を掛けていた者を再度訪ね、決意と覚悟の必要性を説いた。ある者は「至極最も」と言い、ある者は「そのような重大な企てには、とてもとても……」と言って尻込みする態度になった。

次の日に、竜介は横浜へ足を運んだ。維新前から諸外国に門戸を開いていたこの港には、その後ますます外国の商会が進出して軒を連ねていた。

竜介が始めようとする事業は、日本人ばかりの中で暮らしていては何の手掛かりも無いものだった。横浜のような場所に行ってこそ、外国に向かおうとする旅行者の動向を読み取ることができた。加えて、英語を忘れがちになる自分の頭脳を活性化する効果があった。

いくつもの商会を巡り歩き、会社の店頭に立つ職員にあれこれ質問を浴びせた。彼らは一様に困惑の体で竜介に応じた。長州人を名乗る日本人の若い男が、思いのほか英国語を流暢に語り、そしてロンドン市中の商社にやけに詳しい。正体不明の男であるが、彼が知りたがっているのが、英国を始めとした欧米各国の間の商品流通のあらましなどだった。隠し立てするほどの内容ではないので、聞かれたことには答える者が大半だった。幾分胡散臭く見られながらも、横浜での竜介の情報収集は成果をあげていた。

　竜介は約束の日限である五日後に、再び兜町の渋沢のもとを訪れた。今回も渋沢はにこやかに迎えてくれた。

「君の事業に僕も力を貸すことができるようになったよ。わが銀行のお歴々にも話を通した。まずは、君の事業を実行するための会社を設立する。そのための元手を我が銀行から融通しよう。ただし、会社の取締役の一角に僕の名前を入れてもらいたい。お金を出す代わりに僕がお目付役として関わるということだよ。そうした構えで事業を開始する。異論があるなら聞かせてくれたまえ」

　異論も何も考える以前に、竜介は事態の展開の速度に目を丸くしていた。話がよい方に運んだとしても、一月、二月は掛かるものと考えていた。また、話がご破算になることもあると踏んでいた。そのために当面の稼ぎの手立てを探す目的もあって、横浜の港町を歩き廻ったりしたものだった。それがわずか五日後に大きな展望が開けた。目の前の小柄な渋沢が神のように偉大な存在に思えていた。

　歓喜の面持ちの竜介に対し、渋沢は笑顔で語りながらも、苦言を呈することを忘れなかった。

「今回の事業は、君の正念場になる。そのことは君自身が重々承知しているだろう。

井上さんを始めとして、何人かの人達にいろいろ話を聞いたよ。君は一つ、二つ大きな失敗をしているようだね。箱館の一件、ロンドンの一件、忘れたりはしていないだろう？

人によっては、君のことをあてにならない危なっかしい男だと言う男もいるそうだ。かなり派手な失策をしでかしたんだねえ」

そのことに触れられると、竜介は一言もなかった。ことにロンドンでの一件は、木戸のとりなしが無ければ、腹を切らされることになりかねなかった。

竜介とて、忘れてしまった訳ではなかった。日本への帰国の途上も、ぬぐえない負い目と自信喪失の感情に苛まれていたが、新たな事業を構想するうちに、再び元気を取り戻すことができた。時間の経過とともに立ち直ることができるのが彼の生来の気質でもあった。

歓喜の表情から一転して目を伏せてしまった竜介を見て、渋沢は笑って言葉をついだ。

「誰しも失敗の無い者などはいないさ。大切なことは失敗から多くを学んで、その後の行いの糧にすることだよ。

かく言う僕など、フランスに行くまでは、仲間と語らって横浜の異国人をなで斬りにしてやると息巻いていたんだからねえ。それが今はシルクハットなど被って、西洋風の両替商になろうとしている。十年前の仲間達は目を丸くしたり、大笑いしてるよ」

渋沢の人となりは、竜介としても井上から良く聞き及んでいた。熱烈な攘夷志士だった男が、洋行とともに開明派の最先端に位置するようになった。そうした思想面の転向者ならば、長州のみならず他の家中の出身者にもぞろぞろいた。井上にしても、英国帰りで竜介に英語の手ほどきをしてくれた頃には、攘夷熱などはどこかに吹き飛んでいた。したがって、渋沢が歩んだ道程は特異なものと思うことは無かったが、全く印象が異なる点は、渋沢の人間の大きさだった。

世界の情勢を学ぶことで多くの人達が信条を転換させたが、渋沢のような視野の大きさと懐の深さを感じさせる人は滅多に見なかった。器用に馬を乗り換えてはいても、大きくなった人物の話はあまり見聞することは無かった。

「何分にも、後ろ指を指すような言い方をする者もいるようだから、君もひとしおの頑張りが必要だ。今回の事業の成否が分かれ目になると言っても良い。

ただ君には長州の先輩たちの支持がある。井上さんだけではなく、木戸さん、伊藤君、山県さん、皆が君のことを気遣っていた。決して高杉さんの弟だからというばかりではない。君は見どころがあると思って、期待しているんだ。その意味でも奮闘努力してくれたまえ」

渋沢に肩を叩かれながら、竜介は銀行の玄関を出た。書類の段取りなどがいくつもあるだろうが、確かに大きな味方を獲得したのである。「内外用達会社」は設立に向けて歩みだした。

洋行者向けの会社を立ち上げるのと並行して、竜介はもう一つの課題を抱えていた。ライザに何かをさせなければならない、というのは帰国の途上でも思い続けていたことだった。

ライザは兄姉達と異なり、学校に通って教育を受けていた。彼女が十代の頃、英国でもじわじわと子女への教育が社会の中での位置を上昇させるきっかけになるという意識が高まりつつあった。彼女の父のチャールズもまた、そうした時代の意識の変化に反応した一人だった。

竜介がライザと出会った時に思ったことは、上流階級の令嬢はいざ知らず、彼女のような一介の庶民の女性の中では読み書きの教育を受けていることだけで、一歩二歩他の娘達よりも前に進んでいる存在だということだった。思い浮かべたことは、長州はともかくも、江戸で暮らした義兄・晋作や友人たちの話では、寺子屋の師匠になっている者には女性が少なくないという話だった。その時想像していたことを、改めて東京の街中で試みようと思い立っていた。

用達会社が洋行する人達の便宜をはかる仕事をするなら、洋行したい人達に英国語を教える学校も必要だ。ライザならば物心つく前から英語を話している。読み書きも達者だ。ライザを師匠に据えた英国語学校の構想は、すぐさま竜介の頭脳の中で具体的な形になっていた。

竜介は芝の西久保巴町にある天徳寺の一隅を借り受けて、そこで英語塾を営むことにした。八月には新都東京府の窓口に開業願を提出した。塾は泉英学舎と名付けて看板を掲げた。

英会話の教師として妻のライザ、その助手として竜介があたることにした。入塾者の謝礼として一月三円とした。公営の学校ではない塾としては極めて高額だった。しかし、竜介は意気軒高だった。教師を本物の英国人が務めているのであり、介助する竜介もまた英会話には自信があった。何より、外国語教育はこれからの日本に不可欠なものという確信があった。

しかし、竜介の思惑がはずれている点がほどなく明らかになった。ライザが月日が過ぎても日本語になじむことができないでいた。竜介は、最初の留学の時点で、周囲が驚くほど速く英語に馴染んだ。本人はそのことにさしたる自覚はなかった。天賦の才があるようだった。それだけに、日本語を身に付けることが覚束ないライザの状態に、少なからず焦燥を感じていた。

それに追い討ちをかけるように、ライザの教師振りに疑念を呈する声が聞こえてきた。竜介とライザの夫婦が、横浜に出かける度に訪ねていた英国人商会の店長であるジャクソン氏夫妻は、同国人であるライザを気遣って慰問にやってきた。

夫妻はライザの授業を見学した後に、幾分肩をすくめるように竜介に囁いた。

「彼女の教えている言葉はロンドンの街角の子供達が雑談しているような内容ですよ。ここで勉強した日本人が英国に渡っても正式な場に出て話すのにふさわしいものではないように思います。よいテキストを探して学生達に与える必要があるのではありませんか」

竜介自身も、ライザの話す言葉が、上流階級の人達の言葉とは明らかに違うことは感じていたし、まして立派な学者達のような学術的な用語など、彼女が知っているはずも無かった。しかし、竜介としては、日常会話ならば、彼女が話す言葉がさほど英国社会の人達と異なるとは考えてはいなかった。そして、日本の御一新がなってから十年も経っていない時点で、日本人に英語を教えるためのテキストなど、世の中にあるか否かも見当がつかなかった。

塾生達との意思疎通がままならず、ライザは自信喪失の状態に陥りつつあった。さらに、竜介があちこちに生徒集めの宣伝に出向いても、いつのまにか良からぬ風評が出回っていた。「無教養な娘」「江戸弁のような訛った英国語」などと悪評を聞いた人達は尻込みすることが多くなっていった。

竜介は、用達会社がほどなく軌道に乗ってきたこともあり、英語塾に掛かり切りになることが難しくなってしまった。自分本来の事業が堅調であることから、英語塾は店仕舞いすることにあまり躊躇は無かった。しかし、ライザは明らかに落胆していた。無能の烙印を押されたに等しい現実に、心穏やかにいられるわけも無かった。

内外用達会社に専念することにした竜介であったが、この事業とて順風満帆というわけにはいかなかった。海外渡航者が年毎に増加し、事業の顧客も目に見えて増えていった。しかし、これを他の者達が座視しているわけはなかった。竜介の旗揚げの翌年には、同業者が名乗りを上げて、横浜の街にもそれらしき者たちの姿を見掛けるようになった。ただ、竜介の英語力は明らかに他者をしのいでいるようだった。その点に関しては、会社の用向き以外でも時折通訳を頼まれることで明らかだった。

竜介があちこちに足を運び、自分の歩数で仕事を獲得してくる傍らで、ライザは自分の役目を失い、手持無沙汰な日々を送るようになっていた。さりとて、主婦業に熱を入れる様子も無かった。もとより、日本の家庭生活の知識や経験などは全く無く、竜介とともに過ごす食事の時間も、食卓に並ぶのは英国風のものばかりだった。

英国の生活を経験している竜介は、食事の違いなど全く意に介さなかったが、日本に帰国してからはライザの日常に不安を感じ始めていた。日本風の生活を身に付けさせるべく、高杉家の伯母や、泉家の母に指南を頼んだが、言葉が拙いために要領を得ないことが多かった。

日本の米飯にはよほどなじめない様子で、手をつけたがらない様子だった。横浜の友人の家から、カレーライスやチャーハンの調理用具や食器、調味料を調達してからは、ようやく米が無駄にならなくなったが、今度はその食事ばかりという調子だった。

ライザは、日を追うごとに家に閉じこもることが多くなり、出掛ける先は横浜の友人宅にばかり行きたがった。自宅で竜介と会話をする時は英国語ばかりで、その中味は英国の思い出話をするだけだった。竜介が知り合いの医師に愚痴気味に妻のことを語ると、彼は「気の病」という見立てをした。

「懐郷病ですな。英国語ならホームシックというそうですよ。英国育ちの奥様が急に日本にやってきたのです。無理も無いという気もします。確かな治療法は英国へ帰ることだが、にわかにそうは出来ないでしょうな。横浜に英国人のお知り合いがおられるなら、連れていってあげる機会を増やしてあげることが良いでしょう。泉さんは奥様に深い愛情がおありのようですから、それくらいの手間は堪忍のうちではありませんかな？」

医師の言葉は至極もっともに思われた。確かに思い当たることばかりだった。しかし、竜介にも将来への展望があった。ライザを妻に迎えたのも、その展望のうちの一つだった。そのライザが日本に一向に馴染めずにいるとなれば、多くのことが成り立たなくなってしまう。何事につけ楽天的な竜介であったが、ライザのことばかりは、先行きに暗雲を見ずにはいられなかった。

九章　小笠原

竜介の事業は年毎に競争相手が増えつつあり、気の抜けない状況になっていた。その一方で、新政府からの誘いが間を置くことなく頻繁にやってきた。何より竜介の英語力が捨てがたいことがあったが、それ以上に長州出身の面々が彼の身を惜しんでいた。

木戸が病死し、西郷の戦死、大久保の暗殺死という不穏な政情の中で、伊藤が押し上げられるように政権の中心にいるようになった。井上は一度は実業界へ進む決意だったが、ほどなく伊藤に呼び戻され、すぐさま外交の場で重い役割を担うようになっていた。そうした事情の中で、伊藤や井上は、さかんに竜介を呼び寄せたがっていた。

明治十四年六月、外務省の官吏を務める者がやって来て、思いがけない話をした。

「小笠原島の島守を務めていただきたい」あまりに唐突な申し出に、竜介は目を丸くした。東京で商売に精を出している人間に、急に南の離れ小島へ行けと言う。何を夢想のようなことを、と訝しがる竜介に、その役人は仔細を説明した。

　維新前から、英米各国と領有権をめぐって紛議があった小笠原の島々は、明治九年にようやく各国の了解を得て日本の領土となった。さらに明治十三年十一月に所管を内務省から東京府に移した。小笠原に新たに設置された東京府出張所には内務省所管時代から開拓に尽力していた藤森図高が任用されたが、わずか七か月後に病死してしまった。

　後任の出張所長を任用するにあたり、内務省と東京府が協議して求められる人物の条件を模索した。島に長く滞在した藤森のような人物はもういない。小笠原には解消しなければならない難題があった。島々の帰属が未解決の時期から様々な国籍の者が住み着き、日本領と決まった後も五十名以上の外国出身者がいた。こうした人々が不安に駆られて短慮な行動を取ることの無いよう慰撫する者が必要だった。土地の事情に通じた者を据えることが望めないならば、代わりに意思疎通を円滑に出来る言語に通じた人材が必要だった。

「それであなたの名が挙がったのです」外務省の役人は、竜介とは初対面だったが、さかんに井上や伊藤の名を話に持ち出した。彼らの強い推薦があったことによってここを訪ねてきたことを強調した。

若い官史の淡々とした物言いが竜介の心理を刺激した。井上や伊藤からの誘いであれば民間で細々と商いをする後輩に同情してのものと見なしても良かった。しかし、やってきたのは、特段馴染みの無い官庁職員である。物腰が事務的なのとは裏腹に、外務省が手詰まり状態の中で、竜介に白羽の矢を立てたのを感じた。

外務省から「あなたでなければ出来ない事」という言葉を投げかけられて、心が動き出していた。それと同時に、今の事業を始める際に力を貸してくれた渋沢を始めとした何人かの人達のことが脳裏に浮かんだ。そして、このところ気鬱の深まるばかりのライザのことを考えた。

竜介は、渋沢のところへ、銀行で執務をしている日を確かめてから訪ねていった。渋沢は竜介の意向を聞いて、特段表情を変えずに了解の言葉を返してくれた。

「君が外務省が持ち込んだ任務にやり甲斐を感じるというのはよく理解できる。その話は僕も井上さんから聞いていた。小笠原の一件の解決は連中も頭を悩ましていたらしいからね。

したがって君にかかる期待は大きいということだ。これはやってみて、やはりお手上げでしたとはなるまいよ。何としても成果を上げずには済まぬだろう」

渋沢の口調は日頃よりは、やや堅く重い感じがした。両手を挙げて、というものでもない様子だった。

「用達会社はまずまず健闘していたからね。惜しいことだ。僕の気分を言えば、君は今の事業をもっともっと発展させて、日本と諸外国をつなぐ絆をより太いものにしていくことを期待していた。小笠原のことなど、言ってみれば国の中のことだろう？それくらいは政府の連中が何人か智恵を絞れば、片付く話ではないのかな？」

渋沢は、竜介の新しい道への出発にあたり、激励の言葉を掛けてはくれたが、いつもの笑顔は見せないままだった。

その次の日には、外務省の担当者である長谷川という人物のところへ行き、依頼事項への応諾を伝えた。彼は竜介の言葉に歓喜の表情を見せ、すぐさまその場から、東京府の庁舎に引き連れていった。東京府に小笠原担当業務への就任の意向を伝えることで、竜介の官吏としての再出発が決まった。

さらに翌日には、横浜に出向いた。ジャクソン夫妻を始め、日頃の得意先を訪ね廻り、商売替えの事情を告げて廻った。困惑する者には、代替として同業者の二つ、三つを紹介する用意があると伝えた。

身辺整理は円滑に進んだ。ただ、新たな仕事に順調に乗り出せると思っていた矢先に、目の前に障害が現れた。小笠原に行く仕事と聞いて、ライザは表情を変えた。

「私を置いていくの?」

明らかに狼狽の色が見え、恐怖を感じている様子だった。竜介としても、ライザが喜ばない話だろうという想像はしていた。しかし、彼女の反応はそれ以上だった。

「小笠原の島に行ったままになるわけではないよ。年に三回の郵便船が通っている。それに乗って行って帰ってくれば、一月もしないで済む仕事だよ」

「あなたが行ってしまえば、帰ってくるまで私は一人きりになってしまう」

「心配ならば、父や母に立ち寄ってもらうように頼んでおこう」

「あなたのお父さんもお母さんも英国語を話しません。私とはお話ができない」

英語学校の教師を務めようとした頃は、ライザは日本語を憶えようとする気持ちを示していたが、それが思いのほか難しいと分かり、学校を廃業してからは、英語を話す客人以外とは接することをしなくなっていた。

やむなく竜介は、ライザを伴って、再び横浜を訪ねた。小笠原の島に出かける時以外でも、ライザの相手をしてやれないことが多くなりそうに思えた。そうした折には、彼女の気晴らしのために、横浜のジャクソン夫妻の家を訪ねることを了解してもらうためだった。夫妻は、竜介の頼みを快諾して、「いつでもいらっしゃい」と言ってくれた。しかし、竜介の心中には、新たな仕事の門出に、大きな不安を抱えることになってしまった。

　明治十四年八月、竜介は小笠原出張所長に就任するとともに、現地小笠原に向かって船旅に出た。横浜港の出航には、ライザはジャクソン夫妻とともに見送りに来た。数年来口数が少なくなっていた彼女は、ジャクソン夫人に促されるように、甲板の竜介の持つテープを握っていたが、その表情は硬く、肩をすくめたままだった。

　竜介が乗り込んだ明治丸は、明治七年に英国で建造された新鋭艦だった。小笠原諸島への概ね千キロの航路を三日間で渡海した。その船足は、同じ英国の軍艦さえ上回り、これまでの帆船のみならず、旧来の蒸気船を遥かにしのいでいた。

　明治丸の建造発注の本来の目的は、明治維新以後の日本近海の設備の近代化のためだった。維新以後、新政府は内外の船舶の安全航行のために、各地の港や岬に灯台を設置した。そうした施設の保全のための巡視が必要になり、明治丸はそのために導入された最新鋭の高速船だった。

　ただし、その役割は表向きのことであり、裏にはより重大な任務があった。それが小笠原問題だった。安政五年の条約において、諸国は小笠原諸島を日本の領土と認めることで、結論を見たことになっていた。しかし、米英両国はまだあきらめてはいなかった。さかんに小笠原の島々の周辺を探っては、領有権を主張する機会を窺っていた。

六十余名の島民たちのうち、過半が維新以前にやってきた欧米からの移民だった。特に英国出身の者が多く、英国がこの島民たちの存在を根拠に領有権を主張する狙いが、常に見え隠れしていた。

明治九年、日本政府が小笠原諸島の領有を諸外国に通告した。しかし、島民のうちの欧米出身者には不安が広がった。日本が自分達を追い出してしまうのではないか、そうした懸念に駆られた者たちの中には、出身国と気脈を通じて不穏な行動を起こすのではないか。日本政府内にもまた、そうした危惧を持つ者達がいた。そうした人々から事の解決を期待されて、竜介は遥か南の島に向かった。

三日の航海を経て、竜介の乗った船は小笠原・父島の港に辿り着いた。南の島の強い日差しを感じながら、竜介はすぐさま仕事にとりかかった。島民のうちの欧米出身者のことは、すでに渡された資料で、およそ呑み込めていた。英国語が通じる島民とは面談を急ぎ、彼らの慰撫に努めた。

「あなた方がここでの暮らしを続けたいならば、どこにも行く必要は無い。あなたたちは日本人になればよいのだ」

小笠原問題の任務を担った時から、竜介の頭の中には解決案が出来あがっていた。

「日本人にしてしまえば良いのだろう」という単純明快な考えで、日本政府からの冷遇を警戒していた人々にも朗報になるものと楽観していた。英語を全く解しない者もいたため、意思を通じることに幾分の支障があったが、そこは同じ島民達が口添えをしてくれた。

欧米系の住民達の指導者とおぼしき人物は、セイボリーという者で、父の代の文政年間の頃に住み着いたのだという。彼以外にも欧米系の移民には、二、三代をこの小笠原の島で重ねた者たちが目についた。日本人である住民は、安政年間にペリー艦隊がやってきて島の領有を目論んだ後に、急遽八丈島などから送り込まれた人々である。それと比べると、欧米系住民の方が遥かにこの島の古参住民だった。父祖の地に住み続けたいと願うのは当然の感情であり、その思いにかなう処遇をするのが日本政府が国民に施すべき仁政であろうというのが、竜介の脳裏に描かれたものだった。

大方の人々は、竜介の言葉に好感を示し、日本の国民となることに異論は無いようだった。数名が顔色を曇らせ、良い返答をしなかった。島に来て日の浅い者、セイボリー一家のように開拓民としてやって来たのではなく、外国船から逃げ出して、たまたま小笠原の島に辿り着いた者などの事情を背負っている者は、「日本人になる」という誘いに背を向けていた。

それぞれの島民の意向を聞き取り、小笠原への来航目的を一通り果たした竜介は、その他の島の住民の生活事情や、開拓の進捗状況をとりまとめた。島にやってきた仕事の仕上げをしながら、竜介は出張所の面々に宿題を預けることにした。当番を決めて、毎日の業務日誌を書くことを日課として示した。

竜介がやって来た時の出張所の仕事状況は、前任者の藤森図高が着任後わずか七か月で病死してしまったこともあり、部下の所員達も何をしてよいか分からず、途方に暮れている状態だった。東京へ持ち帰るべき報告をまとめるにしても、竜介が一人一人に面談して聴き取りをしなければならなかった。これでは、要領を得ないと思い、日常的な業務状況を書き残しておくことを規定の一つに加えたのである。

明治十四年十一月、竜介は初めて訪れた小笠原の島を後にして、東京へ向かう船に乗った。東京府にはいくつかの手土産とも荷物ともつかないものを持ち帰った。一つは島民たちを全て日本国民とすること、もう一つは小笠原への渡航定期船を年三度から四度に増便することだった。

東京府の幹部連は、欧米ゆかりの島民達は、日本よりも自分の父祖の国に親近感を持つのではないかという不安を持っていたが、竜介の「一人一人と言葉を交わした。数名のものが帰国を望んだ以外は、皆日本国民となることを承諾した。母国帰還を望む者には渡航の便宜を図ってやってほしい」という明快な言葉を聞き、異論を持ち出す気配は無くなった。

竜介の指示で始めた日誌は、小笠原を離れるまでの一月程の分を第一報として持ち帰り、小笠原諸島への出張の復命資料とした。業務日誌の作成は東京府の上司にも概ね好評で、定期船の増便も早々に実現の方向で検討されることになった。

東京府の出張所長としての業務は、上々の滑り出しだった。しかし、竜介のもう一方の懸念は、暗雲のように膨らみ続けていた。東京の我が家に帰り着いたところで見たのは、沈み切ったライザの表情だった。蒼ざめて、目もうつろな彼女は、言葉もわずかしか発しようとしなかった。

小笠原出張の報告を済ませるまでは、妻の様子に不安を感じながらも、何かの対処をする暇は無かった。どうにか仕事の片が付いたところで、ようやく我が家の有様を顧みた。

同居してもらったはずの両親の姿はなかった。

「お父さん、お母さんはいません」

ライザはそれだけを言い、涙をにじませながら黙りこくってしまった。

やむなく竜介は、やはり江戸改め東京に移り住んでいた元の義父・小太郎のもとを訪ねた。小太郎は、竜介を渋い表情で迎えた。

「おぬしの嫁選びは、とんだ失敗だったな」開口一番の伯父の言葉に険があることに、困惑してしまったが、さらに事情を聞くと、事態のただならぬことが呑み込めてきた。

　竜介は、小笠原へ出向くにあたり、ライザの孤立感の慰めとして、ジャクソン夫妻に後を頼むだけでなく、自分の留守の間、父の蔵之介夫婦にライザとともに同居してほしいと頼んでいった。小太郎夫婦にも、妻が心配なので、時折我が家を訪ねてほしい、と頼んでいった。三月余りのあいだなら、ライザもなんとか堪えられるだろうと考えていた。

　しかし、小太郎の話によれば、ライザの様子は既に親族の来訪が慰めになるという段階ではなかった。父・蔵之介は、竜介の船出の前から体調を崩し気味だったが、ライザは夫の父親の看護をする素振りも無く、自室に籠りきりだったという。父の世話どころか、母のまやとも言葉を交わすこともないに等しい状態だった。もとより、日本語をほとんど解さないライザであったが、英語学校を廃業してしまった後は、親族が訪れても、ほとんど言葉を交わさないようになっていた。実のところ、夫の親族といっても、そうした親しみの感情はすでに無くしてしまっていたようだった。

　妻としての務めを果たすよう、父母がライザに求めると、それに対するライザの反応は激高だったという。興奮した表情で目をむき、英国語であろう何事かを両親に荒々しく語り、強く怒りの態度を見せたと言う。怒声によって押し切るような行動を腹に据えかねたまやは、やや言葉を荒げた。それに対してライザはさらに怒気を見せて、義母を何度も突きのけるということをした。はるかに体格のよいライザにそうした態度と取られては、二人に手立てがなかった。やむなくまやは、兄の小太郎に助けを求めることになった。

知らせを聞いた小太郎は、「もう夫をここに置けない」と言って助けを求めるまやの言葉に応じて、大八車を借り出して、竜介の家を訪ねた。そこで小太郎は、ライザと言葉だけは交わしておこうと思ったが、彼女は夫の義父にさえも憎悪の表情を露わにして、怒声を浴びせた。四人の老夫婦は、手立ても無く、竜介の家を後にしたという。

蔵之介とまやの夫婦は、一旦小太郎の家に身を寄せ、その後長州時代の知人の家に居を移したという。蔵之介は、それ以前から体調がすぐれなかったが、この騒動のために、枕が上がらない状態になっているという。

竜介とライザの夫婦の周辺で英国語を解する者は、竜介自身以外にいない。ライザに事情を問い質すのは、竜介がするほかなかった。しかし、小笠原への出航の頃から、ライザはめっきり表情が乏しくなり、笑顔も忘れたようになっていた。そして夫婦の間の会話もめっきり少なくなっていた。

竜介がライザの乱暴な振る舞いを諌めても、「イエス」「アイ・スィー」といった言葉が出るばかりで、真っ当な会話さえ成り立たなかった。竜介が時折なだめるような、励ますような言葉を掛けても、かつてのような笑顔を見せることも無くなっていた。

そんな状態で、一年に四回と定めた小笠原への出張に行かねばならない。ライザを残して行くのは心許無かったが、用達会社を捨てて官吏の仕事に乗り出した身であれば、延期や休業などは考えられないことだった。

そして、しばらくの留守の後に、竜介はライザの説得を試みた。嫁が泉家の親族と疎遠のままで良いはずはなかった。そして、和解の橋渡しをすべき存在は竜介以外には無かった。家族はともに暮らし、睦みあうべきものという日本の習わしを、ライザに対してさかんに説いて聞かせた。

しかし、ライザの反応は芳しくなかった。竜介の話を聞く際にも、ほとんどが無表情だった。そして家族との同居の決心を促すと、たちまち表情が険しくなった。二度・三度その話を持つ出すほどに、ライザの反応はとりつく島もないようになっていった。

竜介にしてみれば、役職上一月に及ぶ出張は欠かせぬものであり、そのことを前提に考えれば、長い不在の間気鬱の状態で外出も厭う有様の妻を一人住まいで置いてはおけなかった。よりよい解決法は、ライザに再び同居することを承知してもらうことだった。

二度目の小笠原への出張から帰った際に、再度ライザの説得を試みた。ライザの反応はついに険悪の度を越えてしまうようになった。眦を決して、竜介に掴みかかろうとした。驚いた竜介が、その肩を取り押さえようとすると、奥の間に駆け込み、納戸から持ち出したものを手に持って、再び竜介に詰め寄ってきた。手に握っていたのは竜介の秘蔵の剣だった。刀身を鞘から抜き取り、夫に向かって白刃を突き付けるようにしていた。竜介は叫び声をあげた。

「それは侍が戦で使うものだぞ。夫婦喧嘩に持ち出すようなものではない。すぐに仕舞い込め！」

しかし、目を血走らせたライザには聞こえていないようだった。

「悪魔！　私に触れるな！　近寄るな！」

逆上して、ついには刀を振りかざして竜介に迫ろうとした。これでは命が危ない。竜介はとうとう自宅から草鞋だけで逃げ出さざるを得なかった。

妻が仇に対するように刃物を振るい、夫を悪魔呼ばわりするほどに常軌を逸してしまっては、処置の方法が無かった。竜介はやむなく伯父の小太郎の家に向かった。小太郎は、上着もなく草鞋履きの竜介の姿に驚いたが、「ライザが暴れだしました」という竜介の言葉に事態を察したように多くを聞かなかった。

「これでは夫婦ではおれまい。この先どうしようと思っている?」

伯父の簡明な問いに、竜介も明確な言葉で答えざるを得なかった。

「離縁せねばならぬと思います。そうして、我が家の父母に粗暴な振る舞いをしたのだから罪を問わねばなりません」

「異国人が相手だぞ。たやすくはいくまい。英国人の領事やらが乗り出してくるのではないか」

「英国は法によって治まる文化国家だと自認しています。いかに自国人だとて暴力を振るった人間の方が正しいということは言いますまい」

竜介は高杉家で当面の服装を整え、次に東京府庁の同僚の家を訪ねた。ライザの様子を見る限り、すぐさま家に戻ることは考え難かった。同僚もまた、竜介の来訪に驚いたが、事情を有り体に語ると、同情を示し、

「身辺が落ち着くまでは当家においで下さい。力を貸せるようなことがあれば致します」と言ってくれた。

同僚に託して、府庁には仕事を数日休むという事を届けてもらった。そうして竜介

は横浜に向かった。行先はジャクソン夫妻の家だった。やってきた竜介の話の一部始終を聞き、夫妻は深い溜息を洩らした。

「ライザは疲れ果てていました」

ライザは、竜介が小笠原に出かける度に、ジャクソン家を訪れていた。しかし、表情がすぐれない状態は一向に改善しなかった。口を開けば、英国の生まれ故郷の話ばかりだったという。

ジャクソン氏は彼女が回復のしようもないほどに心が崩壊していると言った。竜介は、自分の家族や彼自身がライザから受けた暴行のしかるべき処置を求めることを考えていたが、夫妻の表情を見ると、その事柄を持ち出す考えを自分の心中に納めることにした。

「彼女に、今一度の機会を与えてあげられませんか。生来が粗暴であるような人柄ではありません。それは竜介さんも良くご存じのことでしょう。共に愛し合って暮らし、手を携えて日本まで来た二人ではありませんか。私達が明日にも東京に出向いてみましょう。夫であるあなたにも、周囲の人々にも、いたわりと心遣いを忘れない自分を思い出してもらうよう話しましょう」

自分に対しても目をむいて刃物を振りかざした彼女の表情を思い起こすと、ジャクソン氏の説得と慰撫であのような有様のライザが正気に戻る見込みがあるのか、そうした思いがどうしても振り払えなかった。

　心許無い思いを抱えながら、事を一旦ジャクソン夫妻に委ねて、竜介は東京に帰った。同僚は「しばらく間借りをさせてくれ」という竜介の頼みを快諾してくれた。しかし、事の好転の見通しが無い竜介の心中を慮ったように、事情の深部に触れることは語らなかった。

　半月ほどしてジャクソン氏が府庁を訪ねてきた。彼の表情は晴天快晴ではなかったが、暗い表情ではなかった。府庁内に彼を招き入れて話を聞くことにした。

「ライザはもう一度あなたとやり直したいと言っている。涙を溢れさせて、あなたに詫びたいと言っていた」

　ジャクソン氏の言葉はにわかに実感は出来なかった。一方ならず心を砕いてくれた人物の言うことに疑いを持つのは非礼とも思えたが、ライザの狂態を思い起こすと、即座に不安が雲散する、という心持ちにはなれなかった。

　二日後に、ジャクソン夫妻の導きで、自宅でライザと再会した。ライザは夫妻の間に挟まれるようにして長椅子に座っていた。竜介を見る眼差しは確かに彼の顔を凝視していた。その視線は、幾分揺れながらも、何日か前のうつろなものではなく、目の前にいるのが自分の夫であることが分かっている様子だった。ただ、言葉はほとんど発しようとしなかった。傍らの夫妻に促されるように、一、二度「アイム・ソーリー」「エクスキューズ・ミー」と声を出しただけだった。

ジャクソン氏は、ライザの詫びと再び暴行を行わない誓約を示した約定書を示した。文書はよく整っており、明らかにジャクソン氏が代筆したものだった。しかし文末の署名は見慣れたライザのものだった。

詫びて誓うものを無下にする理由はなかった。また、これまで同様いろいろ骨折りをしてくれたジャクソン夫妻の顔を立てることを考えねばならなかった。

「話の仔細は了解いたしました。夫婦でよく話し合い、やり直していくことといたします」竜介は明快に答え、この一件の結論を示した。ジャクソン夫妻は、さすがに安堵した表情になり、竜介とライザの手を取り、何度も「チアー・アップ」を繰り返した。夫人とライザはともに涙を滲ませていた。

友人夫妻の顔を立てることを優先して、ライザとの和解を決めたものの、竜介は心許ない思いばかりだった。二人で元の住まいで暮らすのは良いが、もう両親との同居などは考えられない状況だった。

ライザとの和解が成って程なく、父・蔵之介が没した。竜介の家に同居している時にライザが錯乱状態になり、そこを逃げ出さざるを得なかった。その騒動が響いたのであろうか、別宅に落ち着いたものの、その後目に見えて体調が衰えていった。

葬儀には、長州からはるばる兄の吉蔵がやってきた。兄は残された母まやを国元に連れ帰ると言った。兄は、老いた父に心労を味わわせた弟夫婦に恨み言を言いたそうな表情だった。同席した伯父の小太郎は何も語ることは無かった。

和解が成り、二人の生活が再開した。ライザは確かに正気を取り戻したようだったが、それまで同様、滅多に口を開かず、奥の間に閉じ籠ったままだった。竜介としても、腫物に触るような扱いで過ごさざるを得なかった。

一月も過ぎる頃、次回の小笠原渡航の日時が決まり、再び長い一月近い不在の時期が近づいてきた。竜介は、出かけて不在にする際は、ライザに詳細を告げ、留守中の心得をあれこれ伝えていた。しかし、妻の反応はこれまで以上に空虚になっていた。

今回の小笠原行きを告げると、ライザは俄かに向き直り、「何故私を一人置いていくのか」と言って、いつかのような目をむいた表情が再び顔に浮かんだ。竜介の心中に嫌な記憶がよみがえってきた。ライザはそのまま自分の寝室に引っ込んでしまったので、それ以上のことはなかった。

しかし、翌日にはあの騒動の際のライザが再現されてしまった。悪鬼の形相で竜介につかみかかってきた。以前彼女が持ち出した大刀は、伯父の家に預けてしまっていたが、木刀を持ち出して手に握っていた。誓約はあっけなく破られ、生活の平穏は一月あまりしか保たれなかった。

竜介は再び横浜に出向いた。この件ばかりはジャクソン夫妻以外に頼るあてはなかった。彼の話を聞いた夫妻の表情は、さすがに落胆の色に染まった。二人にとっても、これ以上打つ手は持っていなかった。

ややしばらくの沈黙の後、ジャクソン氏が口を開いた。

「英国へ帰らせるしか方法がありませんな」夫人と竜介の心中も、すでに同様の思いに占められていた。言葉を発せずにうなずくばかりだった。

夫婦が二日後に竜介の家を訪ね、ライザに事の次第を伝えることに決め、竜介は横浜から東京へ帰り着いた。

二日後の夕刻、ジャクソン氏が、竜介が身を寄せている同僚の家にやってきた。夫妻が訪ねた折には、ライザは比較的落ち着いた様子だったらしく、二人の話は概ね理解したという。英国へ向かう船便を探し、ライザの乗船を手配することになった。竜介は要する経費を可能な限り工面することを約束した。

ライザの身柄はその日のうちに横浜のジャクソン家に夫人が連れていった。竜介は数日振りに自宅に帰り、ジャクソン氏の求め通りに、彼女の家具や衣類を、長持や行李に詰め込んだ。意外に量の多くなった荷物を、翌日には横浜に向けて送り出すことが出来た。

家財の半分が消えてがらんとした我が家で、竜介はぽつねんと座り込んだ。ジャクソン夫妻の協力で事は荒れることなく済ませられる見込みが立った。しかし、竜介の心中には言葉にならない喪失感と無力感が漂い、背筋を伸ばす力さえ萎えてしまうように思えていた。

翌日にはジャクソン氏から託された書状が届けられた。十日後に英国行きの船便があり、ライザが乗船できることになったということだった。手広く事業を行っている商社員の手さばきは、さすがの素早さだった。

竜介は、ライザが横浜へ行った翌日から仕事に戻っていたが、横浜の船出の日は、再度仕事を休んだ。早朝の薄暗いうちから横浜へ向かった。それでも到着した時刻は、船出まで一時間も残っていない頃だった。埠頭の乗船客がたむろするところに、ジャクソン夫妻とライザがたたずんでいた。

ジャクソン氏は、やってきた竜介の姿を見つけて、表情を明るくした。竜介が見送りに来る確信は無かったが、心中はそれを強く期待していた。夫妻の間に挟まるように立っていたライザは、正気を取り戻しているようで、竜介の姿を見て表情を歪めるようなことは無かった。竜介の顔を見ては、また視線をはずすという様子を何度か繰り返した。黙っている彼女に、ジャクソン夫人が「お別れの挨拶をなさいよ」と促した。彼女は小さい声で、「ソーリー」と言った。竜介は彼女の右手を取って両手で包み込むようにして軽く握った。それを嫌がる様子はなかった。半月前とは全く別人になっていた。

「身体を大切にしてほしい。国元へ、私の手紙と少しのお金を送ります」

別れの間際にひどく現実的なことを言ってしまっていることに、いささかばつが悪い気がしていた。ライザはもう一度「ソーリー」と言い、「あなたに神の祝福がありますように」とはっきりした声でいった。そして、こらえきれなくなったように涙をこぼした。竜介はこらえたが、目頭が熱くなるのを抑えられなかった。

ほどなく乗船を促す銅鑼が鳴り、案内役の船員が周囲の客に大きい声で乗船を促していた。ライザはジャクソン夫人に伴われて、桟橋に足をかけて船上の人になった。甲板に姿を見せたライザを、岸壁の三人が見送っていたが、動き始めた船は意外なほど早く遠ざかり、水上に見える姿はほどなく小さくなっていった。

竜介は夫妻に見送られて横浜を後にした。二人から「ライザに許しの心を……」と求められた。「お二人の心に感謝いたします。どうかライザと私に神の恵みがあることをお祈りください」と二人に答えた。

ライザを見送り、独り身になった竜介は、再び仕事に邁進する生活に戻った。年に四回南の島へ行く仕事は確実に成果を上げていた。年三回の往来では、あまりに日本本土との結び付きが希薄であるとして、郵便船の便数の増加を求めたことは、即座に認められ、翌年からは四回の定期船が運航するようになった。

外国人の血筋を持つ島民達を日本国民とすることは、島民達自身の了解を得ることが鍵だったが、それは竜介の英語力が成果に寄与した。それまで管轄であった外務省の担当者達は語学力を有する人材が得られず、問題の解決が先延ばしになってしまっていた。それゆえに竜介の名が挙がったものだった。竜介は、着任後の初回の渡航において、精力的に島民たちと接触を図り、大方の者たちから日本国民となることに了解の返答を得た。

率直な政策提言と、到達目標への着実な進捗は、東京府内での評価を一気に高めた。そのことは、彼がかつて奉職していた外務省にもすぐさま伝わった。かつての箱館の一件、さらには英国での退任後の大失策などにより、経歴に但し書きを貼り付けられていた竜介だが、小笠原での働きによって、再び注目が集まりつつあった。その働きの陰では、おそらく、井上や伊藤という長州人たちの口添えがありそうだった。ただ、そうした風評は、竜介自身にはあまり伝わらず、本人は東京府と小笠原の島々での仕事に精を出し続けていた。

官吏としての職務が軌道に乗っていく一方で、竜介は内心で空虚なものを抱えていた。周囲の身近な者たちは、別れた異人の女房にまだ未練を断ち切れないのだろう、などと囁いていた。心中の空洞の理由は、当たらずとも遠からずだったが、その根はもう少し深かった。

これまで、数々の失策、しくじりを重ねてきた竜介だったが、その都度すぐさま次の目標を見つけて覇気を沸き立たせて立ち直ってきた。箱館の事も岩倉使節団に大損害を負わせたことも、自分が丸ごと誤ったわけではない、運の悪さもあった、などと、思いを巡らせて、生来の楽天的な気分を失ってしまうことは無かった。

しかし、ライザのことを思うにつけ、自分自身が弁解しようのない心の重荷を抱えてしまっていた。ロンドンを引き払い、日本に向かう時にライザの手を取り、「日本に行こう」と言った竜介の言葉に、ライザはその手を握り返すようにして応えた。その時に彼女の身の上を幸福にすることが自分の一生の大目標であり、本懐であると感じて全身が燃え立つような思いに包まれていた。

それが十年の歳月の後には、横浜で船上の人となったライザをただ見送るばかりの事態に至ってしまった。竜介にとって初めてとも言うべき挫折の思いが、何度も渦巻いて容易に払拭出来なかった。

十章　官僚

職務に邁進して、表面快調に見える竜介が心の奥底に空虚さを抱えていることに、極身近な人々は秘かに察していた。そうした囁きは程無く伊藤や井上と言った長州出身者の人々の耳にも届いていた。

ライザが去って一年余りを経た頃、井上が府庁の竜介の仕事場にやってきた。

「元気そうだな。気鬱の風に見舞われたなどと聞いたので、陣中見舞いに来た。顔色も至極良いではないか」

井上は、日頃の能天気な雰囲気のままに声をかけた。気楽な言葉と裏腹に、竜介の意気消沈の噂に不安を感じてやってきたことは、政府の幹部が直接東京府の庁舎を訪ねたことに表れていた。

井上は手土産代わりの話を竜介に聞かせた。

「竜介、君はもう一度外務省に戻らないか。その気があれば、俺が推薦人になる。もちろん伊藤も力を貸してくれるだろう」

井上は、竜介同様英国留学の経歴があるおかげで、外務省では大いに発言力があった。竜介が小笠原諸島担当となった経緯にも、彼が一役買っていた。

井上はさらに言葉を続けて言った。

「小笠原の島のことは大方聞いているよ。君の働きの甲斐あって、八方納まったそうじゃないか。もう今後は別の者が行っても務まるところまで来ているということだ。大したものだよ。

そうなれば、いつまでも同じところに留まっている必要は無い。君の力なら次なる大きな仕事に向かうべきだ。外務省は今、欧米諸国と例の条約改正交渉に本格的に乗り出している。仕事の出来る外交官が何人でも必要な情勢だ。その人材の一人として君の名も挙がっていると言う訳だ」

井上の言葉は、日頃から威勢の良い調子に加えて、自らが関わっている外交問題にはとりわけ力が入った。

井上に持ちかけられた話に、竜介の思いはやや揺れ動いた。井上の言葉通り、小笠原の状況は安定しつつあった。竜介が手を放しても、他の者でも務まるであろうということには彼も同感だった。問題は復帰を求められている外務省だった。

確かに外務省の今の大元締の立場にいるのは井上だった。しかし、内情は彼の下に一丸となっているとは言えなかった。井上の前任の薩摩出身の寺島宗則などは、泉竜介の名にあまり良い印象を持っていないということを伝えてくれる者がいた。竜介は、ボールズ商会の頃のいきさつで、当時駐英大使であった寺島の顔と名は憶えがあった。当時を思い返せば良い感じを持っていないのは、やむを得ないことと思った。寺島が有力者である薩摩閥の中では竜介の評価が芳しくないというのは、推して知るべきことだった。

竜介は自分の心持ちに少しだけ悲観的なものが入り込んでいるのを感じていた。これまでは、いかなる土地にも役目にも臆することなく乗り込んでいった。また、いくつもの失敗にもすぐさま意気盛んな状態を取り戻していた。それが、今回は強い味方である井上が持ち込んでくれた話にさえ、悪い方向の印象が頭の片隅に湧き出していた。

どうした成り行きだろうか。自分らしくもないことだと思っていた。ライザのことが心の奥底に重い石のように沈んでいるような気もしていた。いや、これが年を取ったということかもしれない、などとも思った。竜介はいつしか三十路の半ばを過ぎていた。

井上の強力な後押しは効果絶大で、竜介の外務省復帰と外交官としての職務の開始はトントン拍子に進んだ。明治十八年、竜介は英国領の香港領事に任命された。

香港はアヘン戦争後に英国領となり、すでに四十年余を経過していた。英国は長く切望していた中国での拠点を得て、香港の植民地都市としての機能強化に力を注いでいた。竜介もまた英国への渡航の都度、香港を通過していた。明治六年の二度目の帰国の頃と見比べても、その貿易港としての発展は目を見張るものがあった。

井上馨を始め、歴代の外務卿及び大臣は、明治の御一新以後不平等条約の改正を国家的悲願としていた。ことに英国は、諸国の先頭に立っている情勢にあり、その動向は米・仏・独・露なども注視していた。香港は、日本から見て最も近い英国であり、その動向を察知するための場と目されていた。領事たる泉竜介はまさにその先兵の役割を担っていた。

英語力に自信があり、生来物怖じしない社交性豊かな性質を持つ竜介は、赴任地でも概ね良く役職をこなしていた。心に沈潜していたライザのことも、多忙な日々の中で記憶の底で溶解しつつあった。

惜しむらくは、竜介の関心の方向が政治よりも商業に向かうことだった。井上を始め外務省の幹部連は、香港の政庁からの情報収集を何よりも期待しているのだが、目のあたりで急激な成長を続ける貿易港・香港の有様は、英国でも日本帰国後も事業に手を染めた竜介には余りにも刺激的だった。以前から、政治の動向にはどこか無頓着で、商業の動向に夢中になっている竜介の報告書は、外務省本省の人達を苦笑させることがしばしばだった。

英国と清国の間にはすでに新たな条約が結ばれ、北京にも英国公使館が設けられていた。香港は今や日清間の接触の絶対的な最前線ではなくなっていた。その一方で英国商人の活発な貿易活動は、明らかに日本の実業界への影響をもたらすものであり、図らずも竜介の性向が時流に適った情報をもたらすものになっていた。

竜介の香港勤務は四年で終了し、明治二十一年に農商務省に発令された。これまた農商務大臣になったばかりの井上馨の人事だった。なるほど英国語に堪能で、外交よりも諸外国との通商に強い関心を持つ竜介であれば、より適所を得たと言える点はあった。しかし、長州人によるあからさまな縁故を感じさせることの方に批判の目を向ける者が多くなるのは避けられないことだった。

竜介が農商務省の商工局次長の役職に就くと、ほどなく、各国取引所の実態調査のために諸国視察に派遣されることになった。国際的な舞台での商取引の有様をつぶさに見る。これまた日頃の竜介の関心の厚い方向に最も適合した仕事だった。他ならぬ井上大臣の配慮だった。

ヨーロッパを中心とした諸国を巡る旅行は、竜介にとって大いに刺激的だった。英国語には確たる自信があったが、それ以外の国々には全く縁が無かった。香港勤務の頃に一度フィリピンに業務で出張した際に、スペイン語圏では全く手も足も出ず、英語の通じる者としか付き合うことが無かった。自分の世界の狭さをここで体験させられていた。

実情視察で巡った諸国は、実に物資が豊かに出回り、多くの商人が行き交っていた。どの国の市場でも、様々な人々が取引のために声を張り上げていた。圧倒されるばかりの熱気に、竜介はあらためて故国日本の閉鎖的な現況を思っていた。日本にも多くの物産が有り、多くの商人がいる。もっともっと世界中の国々を日本に呼び込めば良いのだ。かつて商いの道を目指した竜介は、自分の中で血が騒ぐのを感じていた。

しかし、一年に近い海外巡行を終えて帰国した竜介に待っていたのは、全く異なる状況だった。明治二十二年に井上が農商務大臣を辞任し、後任には次官であった岩村通俊が繰り上がって就任した。

岩村は土佐の出身だったが、鹿児島県令の経験があり、人間関係としては薩摩閥と親密だった。そして、明治二年と四年、十九年に箱館府、開拓使、北海道庁の官吏を歴任していた。その経歴の中で、箱館で起こったガルトネルの一件のことも当然のように耳に入っていた。その当事者である泉竜介の名を聞いて、良い印象を抱く見込みは全く無かった。

井上は大臣退任の間際に、竜介に対し「君のことは遠からず商工局長に繰り上げるように、岩村にも伊藤にも引き継いでおいた」と力を込めて語った。しかし、大臣を辞任する前後の黒田総理との不仲などもあり、井上の存在感はいささか薄くなっている状態だった。

諸国視察からの帰国後、竜介に対して大きな任務の沙汰は無かった。商工局次長の肩書で、回されてきた稟議書に判を押すだけの日常がやってきた。そうした周囲の空気の変化は、閣僚や農商務省の顔触れを眺めれば、およその察しはついた。

竜介が世界を相手に商社・日本の先頭に立って大事業を展開する夢はあえなく潰えた。ついこの間まで血を滾らせていた自分が可笑しいくらいに、拍子抜けの心持ちになってしまっていた。ほどなく思い至ったことは、官吏の道に見切りをつけることだった。

思えば、官吏として手掛けてきた仕事は、胸を張りたい成果をあげたものもあったが、失態も随分あった。その都度、木戸や井上、伊藤という人達が陰に陽に助け舟を出してくれた。小笠原を担当して以後の役人暮らしも、自身は大張り切りで良い仕事をしているという手応えを感じていたが、どこかしら自分の足で立っていないような感覚が、心をかすめる時もあった。

何度も後ろ盾になってくれた井上が大臣の座から去ったと同時に、竜介もまた孤児同然の境遇になった。自分の存在の現実を目の前に突き付けられた思いだった。

決意を固めた竜介は、二人の人物に相談した。一人は、枢密院議長となるために首相を辞していた伊藤博文だった。もう一人は、今や日本財界の大立者である渋沢栄一だった。閣僚を辞した井上馨は、郷里の長州に帰ってしまい、東京にはいなかった。

伊藤に対しては、相談と言うよりは辞職の意向を伝えるという形になった。

「次の仕事は決まっているのか?」と伊藤に問われ、竜介は「また用達会社をやりますよ。明日にでも渋沢さんのところへ相談に行ってきます」と答えた。伊藤は「そうか」とだけ言って、多くは語らなかった。

渋沢は、上機嫌で竜介を迎えてくれた。七年前、竜介が東京府の小笠原担当になると知った時に、怪訝な表情で何度も首を傾げていたのとは、打って変わった様子だった。

「君は、役人には向かんよ。最初にうちの銀行にやってきた時からそう思っていた。随分回り道になったが、まだまだ遅くない。事業を起こすなら、また第一歩から始めることになるが、我々も力を貸せるところはいくらでも協力しよう。大いに世間を唸らせてやろうじゃないか」

　自分が起業するように張り切っている渋沢の言葉を聞いて、竜介は困惑しながらも、多少重かった気分が晴れていくように思えた。振り返れば、七年前には用達会社の取締役を引き受けてくれていた渋沢の期待を袖にするようにして官吏の途に進んでいった。しかし、渋沢はそんないきさつはまるで意に介していないようだった。

「そもそも君の用達会社は、つぶれてしまったわけじゃないんだ。君を東京府に引き抜かれたから休業しただけのことだ。この度再開のはこびになったということだね」

　渋沢は、自分は過去も今も用達会社の取締役だ、と言った。もう一度会社を立ち上げる意欲満々だと繰り返し言った。

　溢れるばかりの覇気を発散させる言葉をいくつも重ねてから、渋沢は少し表情を曇らせて言った。

「ときに、英国人の細君とは別れたそうだね。もう何年かたっているのかな。まあ、残念なことだが、いたしかたあるまい」

　ライザとの結婚のことも、日本に帰国して間もない頃、渋沢が「快挙だ」と言って喜んでくれていたことを思い返していた。

「あんな遠い国から連れてきていながら、良い暮らしを味わわせることも出来ぬばかりか、気を触れさせるような羽目になってしまいました。全く不甲斐なさの極みです」

ライザとのことに触れないわけにはいかなかったが、思い返すほどに竜介にとっては、悔いの念が湧き上がっていた。

「竜介君らしくもないことをいうじゃないか。それは失敗より成功するに越したことはないが、夫婦の相性が良くなかったなどというのは世間のどこでも聞く話だ。君のような大丈夫が、一度の失敗で委縮してしまったのではあるまいね。英国人の娘と合わなかったのなら、日本の女性と縁組すれば良いじゃないか。

明治の御一新からは我々の世代が支えてきた。しかし、皆年をとってきた。次の世代に日本を託さねばならない。君も子を生して、後継ぎを持たねばならない。そう思わないかね」

渋沢のいうことはいちいち尤もだとは思った。しかし、そうしたことに話が及ぶと、ライザとの破局の記憶が今なお自分の心にのしかかっているのを竜介自身が痛感せざるを得なかった。

十一章　貴賓会

「竜介君に一つ耳寄りな話を聞かせておこう」渋沢は少し声をあらためて言った。

「君は、農商務省のお役人として各国市場調査に出向いていたのだったね。世界中を一回りした後に、僕のところにもやってきて盛んにいろいろ力説していたことを憶えているかい」

竜介としては藪から棒な話題だったが、おぼろげな記憶はあった。

香港領事や市場調査のための諸国巡見を経験した中で、日本に興味を持ち是非一度行ってみたい、という人達に実に多く出会った。大変な人気だと思い、それを見過ごしにしてしまうのは惜しいと感じた。ことに富士山の名を多くの人達が口にした。

「日本にはフジという美しい姿の山があるそうだね。一度この目で見てみたいものだ」そうした言葉を何度も聞いた。確かに竜介の心中にも、日本の国土が風光明媚であることはどの国にも負けてはいないと感じていた。

日本に帰国するなり、帰朝報告がてら井上大臣や渋沢のところを訪ね歩き、外遊中に湧き上がった思いを会う人ごとに語った。竜介自身は、その後農商務省の一人の役人に戻って書類に判を押すだけの立場になったため、一時の熱い思いは忘れかけていた。しかし、彼の話に着想を刺激された人達が何人かいた。

「竜介君も益田孝のことは知っているだろう。彼は今や三井の大番頭になっている。あの益田が貴賓会というのを作ろうと言い出したんだ」

益田孝という名は竜介も憶えがあった。徳川家旗本として生まれ、文久年間の幕府の遣欧使節団の一員として洋行経験のある人物だった。幕府瓦解後は、横浜に商会を設けて外国人相手の商取引をしていた。竜介が用達会社を営んで盛んに横浜に行き来していた頃には何度か顔を合わせたことがあった。益田の英語はハリス領事仕込みとのことで、竜介が出会った英国人とは確かに訛りが違うなどと、他愛ないことに感心したことがあった。

その後、竜介が東京府の官吏となり、小笠原出張所長となった時、再び益田の名が聞こえてきた。この頃、森有礼が明治八年に設立した商法講習所の初代所長・矢野二郎の辞任騒動があり、竜介が臨時に事務代行をした時期があった。矢野の辞任は病身のため、というのが表向きの理由だったが、実情は講習所の設立主体である東京府幹部と矢野の衝突があった。彼が翌年に復帰するまでの短期間、竜介をその役職にあてたのは、ほかならぬ益田孝、そして渋沢という顔触れとのつながりによって為されたものだった。

　矢野と益田は若年の幕臣時代から交誼が有り、その交友はそれぞれの道が異なってからも継続していた。商法講習所が政府のお墨付きを得て官立商業学校となるまでの間、矢野を支えたのは益田や渋沢といった財界の人達だった。益田は、ともに幕臣から商人の道に進み、同時期に洋行経験がある渋沢とは早くからウマが合い、竜介が渋沢に語った外国人客の接遇活動の一件にも大いに刺激を受けていた。益田は三井物産の社長として商用がてら八か月にわたる欧米視察を行い、その帰国後に東京商工会において「外国人接待協会の件」を提案した。

　しかし、それは三年余りも前のことだった。渋沢のような行動的な人物が先頭に立っていながら、何年も状況に動きがないことが不思議でならなかった。

「貴賓会というものが動き出すのは、これからなのですが？」

「うむ。益田はすぐにも東京商工会を動かそうとしたんだが、商工会の幹部連が尻込みしたんだ。確かにすぐさま儲かるような話ではないということもあるがね。あの頃、欧米と条約改正交渉をしていたということが響いているようなんだ。

　あの一件では井上さんなど全くもって国賊扱いだったからね。大隈さんは爆弾で片足を無くすような目にまであった。まるで御一新前の攘夷浪人の時代に戻ったような話だよ。その攘夷浪人の一人がこの僕なのだがね」渋沢はそう言って高笑いした。

「世の中、皆、頭に血が上ってしまって、異人は居留地に押し込めて一歩も出させるな、と大声を張り上げる連中がひしめいていたよ。うちの銀行にも押しかけて来たのがいた。すぐにつまみ出されたがね。なにしろ外国人を歓迎する用意をしようなどと言い出すのは度胸がいる時代だった。

しかし、青木さんの代になって多少世情が落ち着いたようだ、何より英国が協力的になったようだからね。他の国も一歩も譲らぬと言いながら、横目で英国の様子を見ているんだ」

渋沢の話を聞きながら、竜介は自分が相変わらず政治の門外漢であることを痛感していた。渋沢だけでなく、井上も、そしておそらく伊藤も、ここ数年は内外の激流にさらされていたのだ。その時期に自分は、市場調査の諸国外遊の成果を持ち帰りながら、それが上役に顧みられないことに失望していた。自分はいよいよ政治の場には向いていない、商いの道を生きていく他無いのではないか、という思いが強くなるばかりだった。

渋沢の話が再び竜介の方に向いてきた。

「そこで、君にも一役買ってもらいたいと思っているんだよ。事業を始めるだけの元手は僕と益田で工面できるだろう。事務を執るのも君を含めて何人か名が挙がっている。いずれも洋行経験があって、今回の事業にうってつけの顔触れだ。

ただもう一つ必要なのは、役員の一角に加わってくれる人をもう少し欲しいんだ。君も英国に渡ったのだから感じているだろう。あちらの国の人達は家柄の立派な人達が加わっているか否かで、全く反応が違う。信頼感を得られるかどうかはそこに懸かっていると言っても良い。フランスなどは革命で王侯貴族を大勢ギロチン送りにした国だと言うのに、いまだに貴族の家柄を云々しているのだから、全く奇妙なものさ。

僕はこのとおり商人の身で、元は武蔵の農民の出だ。益田君にしても、今は三井の番頭で元は徳川の敗残兵だ。上流階級の人達にとっては、決してお好みじゃない人間なんだよ。

そこで、君にも一働き期待したい。お殿様やら麿と呼ばれたような人達に知り合いはいないかね。そういう人達に、看板だけの役割で構わない。なにしろ「貴賓会」と銘打つから、ご立派なお客人もごっそりやって来る。そうした人達の向こうを張れるような顔触れの存在が是非とも必要なんだ。

君は今をときめく長州の出じゃないか。しかも付き合いは随分と広い。思い当たる人がいれば当たってみてもらえないか」

いつも頼りにするばかりの間柄だった渋沢に、俄かに頼み事をされて、竜介にとっては面食らうような話ではあった。しかし、これまでにも世話を焼いてもらい、期待に応えられず、今回また援助を求めにやってきた身である。思い当たるところがあれば、労をいとうわけにはいかなかった。

「蜂須賀侯ならばいかがですか?」

竜介はすぐに頭に浮かんだ名前を口にした。

「君は蜂須賀侯と知り合いなのか?」

渋沢は珍しく驚きの表情を見せた。

「私とライザの婚儀の立会人をしていただいた方です。私が英国に渡っていたのと同じ時期に侯は英国のオクスフォード大学に留学されていまして、他の数人の知り合いと一緒に私達を祝ってくれた方なのです」

「なるほど、そうだったね。蜂須賀侯も洋行経験者だった。お名前はよく聞くお方だ。僕は面識は無いが、中々話の分かる人だという評判だね。うむ、君の知人だと言うなら、実に有難い。近々是非紹介してくれないか」

渋沢はたちまち大乗り気だった。自ら言うように、農民の生まれで、一時は一橋慶喜の配下で侍になり、新政府の官僚も経験した渋沢だったが、実業家となってからの活躍が広く天下に聞こえていた。その彼にして、高貴な生まれの人物を担ぎだしたい、という話を持ち出したことは、竜介にとって驚きだった。しかし、渋沢の目の色が違うことを見て、これが重大な決め手なのだということを感じた。

竜介は、翌日蜂須賀宅を訪ねた。人も遣らずに俄かに訪問したが、間の良いことに侯爵は在宅だった。思いがけない旧友の来訪に、茂韶は喜色満面で迎え入れてくれた。

「この度は、貴族院議長になられたとのことで、遅れ馳せながらお喜び申し上げます」

かつてロンドンでともに留学生として交誼を結んだ頃は、ともに若く「君・僕」と呼ばわった時期もあった。今や華族の頂点に立った侯爵の面前では、居住まいを謙恭にしないわけにはいかなかった。

「何だ、君らしくもない。馬鹿丁寧な挨拶は無用だよ。背中が痒くなってしまう」

茂韶は大きい声を上げて笑った。彼にしても若い時代を共有した客人を迎えて、心持ちが若やいでいるようだった。

ロンドン時代の思い出話に花を咲かせた後、話はライザのことに触れざるを得なかった。

「細君とは、残念なことだったね。体調をそこねてしまったそうだね」

茂韶は、竜介を気使って、言葉を選んで言った。

「懐郷病が高じて、一時的に気が触れたようになっていました。故国に帰るしか癒える途は無いと言われ、離縁するよりほかにありませんでした」

二人の婚儀の立会人を務めてくれた人物に、そうした報告をすることは、竜介にとってとりわけつらいことだった。

「何にしても、事が大きくならなかったのは賢明だった。今、我が国は条約改正の正念場だからね。任にあたっているのは、君と同じ長州の青木外相だ。彼とも話したことはあるが、やはり英国の反応が鍵になるようだ。欧米諸国の中でも第一等の国だ。大事に付き合わねばならない」

竜介は、もしや茂韶が自分の結婚を軽率だったと責めているのでは、という思いがよぎったが、その話題に自分から入り込んでいくことは思いとどまった。それ以上に、わざわざ訪ねてきた用向きを伝える必要があった。

「実は、その諸外国とのお付き合いに関わることで、託されてきたことがあります」

竜介の意を決したような物言いに、茂韶も少し身構えた。

「実は私は以前から渋沢栄一さんと交誼がありまして、さきごろ再び商会を立ち上げることで挨拶をと思い、渋沢さんの銀行を訪ねていったのですが、そこである計画が進んでいることを伝えられました」

　渋沢が語った「貴賓会」の計画を聞かせると、茂韶は黙って聞いていたが、竜介の話が終わったところで「うーむ」と一声うなった。

「君は渋沢さんとは、ずっと親しいのだね」

「ずっとではありませんが、私も役人になったり、商人になったりしてきましたので、折々の節目ではお世話になった方です」

「実は私は、接したことが無いんだ。名前は勿論存じ上げている。実業の世界では大立者として並ぶものが無いと言われる方だからね。

　どんな方だい？　恐いような人なのかな」

「いいえ、温厚篤実で、広い度量の見本のような方です」

「うむ、実は昨年貴族院が発足しただろう」

「初代の勅選議員に、渋沢さんも選ばれていた。ところが、議会には一度出席した後は全く来ないままだった。今年になってからは、丸一年たったところで辞職を申し出ているらしい。

　私も同じ時に議員を拝命したのでね。いずれお目にかかる機会もあるだろうと思っていたら、そんな話だ。もしや我々のような大名の倅やお公家さん達が寄り集まっている場が嫌いだったのか、などと噂の的になっているんだよ。

あの人は、言わば裸一貫であのような沢山の事業を成り立たせてきた人だ。我々のようなご先祖の功績でぬくぬくと暮らしている者には軽侮の念をもっているのではないか、とね。

だから、今の泉君の話には二度吃驚だ。外国の賓客とお付き合いをするなら、我々のような華族という階級の存在も必要だというのが渋沢さんの考えなのだね。

今聞いたばかりの事で、私の頭の中で十分咀嚼できていないが、自分の経験に照らしても尤もに思えるところはある。

まずは一度渋沢さんにお目にかかってみよう。本人の話を聞かねば何もわかるまい」

茂韶は、驚きながらも前向きだった。竜介は彼の表情に急かされるように、翌日渋沢を訪ねた。多忙な人物ゆえに、面会がかなったのは二日後だった。渋沢は茂韶の好感触を伝えると大いに喜んだ。今度は益田も交えて、竜介も含めて四人で会いたいと望んだ。竜介は早速その意向を茂韶に伝えた。

それぞれが重い役割を持つ三人の間を取り持つことは、多忙に慣れた竜介としても一苦労だった。十日余りも経ったところでようやく四人が揃う日を取り決めることができた。

一堂に会した四人の間では結論が早かった。すでに渋沢が口にしていた「貴賓会」あらため「喜賓会」に、それぞれの試案によって肉付けが為され、訪日賓客の歓待組織の構想が固まっていった。会の実際の事務を取り扱うのは、竜介が立ち上げる新しい商会が扱うことになった。

益田からは、さらに先を見越した言葉が添えられた。

「程無く欧米各国との条約改正が実現すれば、各国の客人が日本での自由な旅行も解禁となる。そうなれば喜賓会も有卦に入ることだろう。当面は泉さんの商会に頑張ってもらうが、すぐにも手が足りなくなると考えた方が良い。皆それぞれ良い人材を知っていたら連れてくることにしましょう」

面談の場に揃った一同は、日頃親密という間柄ではなかったが、蜂須賀侯は渋沢や益田とすっかり意気投合した様子だった。喜色満面の渋沢は、竜介の肩を叩いて言った。

「実に良い話だ。君にも進むべき道が見えてきたと思わんかね。これまで回り道もあったが、きっとやり甲斐のある仕事になるだろう。持ち前の才覚を全開させて奮闘してくれたまえ」

確かに、これまでは曲折もあった。すでに四十路にさしかかった竜介だったが、今目の前に見えてきたものが取り組むのにふさわしい自分の主題のように思えた。
「やりましょう。天命ここに至る。一所懸命の思いで邁進いたします」

終わり

著者プロフィール

柏 且彦（かしわ まさひこ）

1958年8月5日生。
北海道出身。
北海学園大学中退。
北海道札幌市在住。

彷徨顛末記

2024年3月15日　初版第1刷発行

著　者　柏 且彦
発行者　瓜谷 綱延
発行所　株式会社文芸社
〒160-0022　東京都新宿区新宿1－10－1
電話　03-5369-3060（代表）
03-5369-2299（販売）

印　刷　株式会社文芸社
製本所　株式会社MOTOMURA

ISBN978-4-286-25124-0